Santo de casa

Santo de casa

stefano volp

1ª edição

EDITORA RECORD
RIO DE JANEIRO • SÃO PAULO
2025

CIP-BRASIL. CATALOGAÇÃO NA PUBLICAÇÃO
SINDICATO NACIONAL DOS EDITORES DE LIVROS, RJ

V897s
2025.

Volp, Stefano
    Santo de casa / Stefano Volp. - 1. ed. - Rio de Janeiro : Record,
    ISBN 978-85-01-92269-4

    1. Romance brasileiro. I. Título.

24-94763

CDD: 869.3
CDU: 82-93(81)

Gabriela Faray Ferreira Lopes - Bibliotecária - CRB-7/6643

Copyright © Stefano Volp, 2025

Texto revisado segundo o Acordo Ortográfico da Língua Portuguesa de 1990.

Todos os direitos reservados. Proibida a reprodução, armazenamento ou transmissão de partes deste livro, através de quaisquer meios, sem prévia autorização por escrito.

Direitos exclusivos desta edição reservados pela
EDITORA RECORD LTDA.
Rua Argentina, 171 – Rio de Janeiro, RJ – 20921-380 – Tel.: (21) 2585-2000.

Impresso no Brasil

ISBN 978-85-01-92269-4

EDITORA AFILIADA

Seja um leitor preferencial Record.
Cadastre-se no site www.record.com.br
e receba informações sobre nossos
lançamentos e nossas promoções.

Atendimento e venda direta ao leitor:
sac@record.com.br

para sueli

"não quero lhe falar, meu grande amor
das coisas que aprendi nos discos
quero lhe contar como eu vivi
e tudo o que aconteceu comigo"
– belchior, na voz de elis regina

rute

quando o seu filho mais novo te perguntou o que a senhora sentia agora que o pai dos seus filhos tinha morrido, você disse nada. nada? como pode não sentir nada por alguém que passou a vida inteira ao seu lado e terminou a vida rasgado pelos dentes de um bicho. pensei, mas não falei. indignado com a simplicidade da sua fala porque não havia choro ódio rancor vingança ou perdão. na verdade, não havia nada mesmo. nada é muito mais perigoso que tudo. nada não seca não molha não cai nem se levanta. nada é nada. e eu me perguntei por muitos dias qual o sentido de viver se, quando eu morro, a pessoa que amei por toda a vida não me sente nada nem mesmo quando vou embora todo arrebentado por uma maldita onça. a fantasia se dissolve em um segundo porque aquilo não era amor. ele arrebentou os filhos primeiro, arrebentou a senhora também. a senhora não é obrigada a sentir alguma coisa por alguém que posa de santo na rua, mas nunca realizou milagre dentro de casa. talvez seja por isso que a senhora o tenha envenenado naquele dia.

agora vai ter até procissão veja só. o que essa gente toda tem na cabeça pra aceitar rodear um bairro cheio de altos e baixos dividindo o peso da putrefação. lembro que, no dia em que a senhora me disse seu pai era um preto muito bonito chamava atenção, eu passei a me esforçar para enxergá-lo assim, e quando me despedi de vocês para estudar medicina na cidade quis levar na carteira a única foto dele porque eu tinha medo de esquecer-lhe o rosto. a senhora mexeu nas coisas dele, quis expulsar o zé maria da casa de todo jeito, queimou as roupas, desapareceu com os objetos, até com a bíblia. foi a senhora quem reconheceu o corpo abocanhado de onça no iml e agora metia o medo no bairro inteiro, passou o medo na casa das pessoas como se um serial killer estivesse solto por aí. mas é só uma onça. o povo no arraial não tem medo de bicho, seu zé nunca teve, sempre respeitou. a única vez que o seu filho mais novo ouviu fogos no ano novo foi depois de ir embora para estudar na cidade porque no arraial as pessoas não soltavam em respeito aos animais. como um animal poderia ter traído josé maria se o homem viveu a vida toda com as canelas lanhadas embrenhado na mata? até as bruxas e os indígenas decidiram fazer luto. sem ele não existe uma pessoa capaz de montar tão bem um incenso natural que queima e espanta os mosquitos deixando a casa com cheiro de maracujá e limão. achei que a senhora fosse admitir o quanto sentiria falta disso, mas preferiu dizer que a única coisa da qual não gostaria de viver sem eram as cocadas de diabete que ele cozinhava derramando um saco de açúcar inteiro dentro da panela mesmo sabendo que um dia eu queimei o dedo na calda de coco borbulhando e ele me prensou na parede quando me ouviu chorar. homem não tem medo, se queimar a marca fica, homem tem que ter marca de vida, olha aqui. então ele me mostrou todos os arranhões e cicatrizes nas pernas e nos braços e quando eu fiquei sozinho três dias depois risquei meu corpo inteiro de canetinha, e o zé maria mandou eu ficar pelado, me trancou no banheiro e usou a vara de goiabeira para me ensinar a segurar o choro. não sei se você via a minha dor, mãe, a senhora não sabe fazer nada, não fez naquele dia nem nos outros nem agora.

alex

você foi o primeiro a sair de casa, antes mesmo de colocar o corpo para fora. um dia estávamos todos os três irmãos, mãe e pai na igreja, quando um pregador de fora veio trazer a palavra. ninguém com uma cara tão chupada feito aquela deveria emplastrar o cabelo de gel e puxar tudo para trás fazendo ondinhas na orla da nuca porque isso realça as cavidades cadavéricas do rosto do ser humano. mas ele assim o fazia, o pregador da palavra de deus parecia querer ser um personagem. você de pé cantando no grupo jovem dos mais velhos, chamavam-se soldados do elshaday, mas ninguém se conscientizava do quão estúpido e cafona era aquele nome, você na verdade se orgulhava dizendo que já tinha sido mamado no banheiro da igreja, que eu e beto éramos pirralhos demais para saber o significado dessas coisas, sendo que eu e o alberto não queríamos ser jovens nem pirralhos, queríamos ser desviados. acontece que o seu pai precisava dar o exemplo, não interessava se a gente gostava de jesus ou não, tinha que ir para o culto e ler provérbios em casa. suas tias, irmãs da sua mãe, tinham pombagira e se a sua mãe não vigiasse pegaria também. naquele culto, o homem da cara chupada interrompeu o seu louvor e sapateou na sua direção entregando um mistério. disse que seu nome seria conhecido em muitas gerações, via um passaporte no teu colo, olha aí, vaso, porque você viajaria por todas as nações e que quando isso acontecesse nunca poderia se esquecer de engrandecer o nome de deus. daquele dia em diante você mudou. na verdade, você continuava sendo o mesmo zé-ninguém malandro que faz dinheiro enrolando as pessoas burras, comprando um celular de alguém que o vende na internet aos desesperos e revendendo para ganhar cem reais de diferença. continuava sendo o retrato do garoto preto que repetiu três séries no ensino fundamental e o último ano do médio porque não estava nem aí para a hora do brasil, como o seu pai dizia. fugia da escola para andar pra cima e pra baixo de moto com os moleques mexendo com as garotas e vendendo maconha na encolha. todo mundo sabia disso, até o seu pai, e o único motivo pelo qual ele e sua mãe vendavam os olhos para as coisas que você nem fazia questão de esconder direito era por conta da profecia. até mesmo você, que não se comportava como alguém que acredita no futuro, creu que um dia fosse enricar. acontece que as palavras do profeta estavam certíssimas e agora você estava retornando para o funeral do seu pai num carro importado. ninguém no arraial tinha desses, você sabia muito bem, o povo de bicicleta de moto em carros simples ou no único ônibus da cidade.

saiu do carro com aquele sorriso detestável de lado e ficou olhando para a casa rosa no barranco acima da fonte. não importa o quanto o tempo passasse, mesmo que nem você, tampouco algum dos seus irmãos, more mais ali, sempre que alguém da família diz lá em casa se refere àquela. da janela do quarto vi seus olhos marejarem. você contemplou o quintal e reviu os momentos. a tampa do antigo poço ainda tinha o mesmo peso, o galinheiro em cima de onde você pulou brincando de ver quem saltava mais alto continuava no mesmo lugar, a horta onde o seu pai plantou todas as plantas que apodreceram com a morte dele, a antena no telhado da casa ainda era a mesma, permanecia sem serventia porque o seu pai te pediu para arrancá-la dali e você como sempre jurou, mas não fez. ele como sempre fingiu que não viu. quatro meses depois cobrou, e o ciclo continuou. você não moveu o seu rabo da cama para retirar a porra da antena nem quando sua mãe pediu com carinho, ou quando profetizou que um raio cairia em cima da casa e destruiria todos os aparelhos eletrônicos de uma vez só.

sua mãe então saiu porta afora de braços abertos. naquela tarde, ela tinha acabado de comer uma panela de caranguejos. na manhã posterior à morte do seu pai, sua mãe havia descido à feira e comprado uma penca desses bichos asquerosos, enfiou-os numa panela de água fervente e torturou-os em silêncio. depois ajeitou a capa de sofá da cor de vinho tinto, ligou a televisão e comeu a morte todinha. a televisão era a janela aberta esperando seus filhos chegarem para organizar o velório com os outros matutos. não deu tempo de lavar as mãos ou recolocar a dentadura quando você chegou, ela pareceu não se importar com nada disso até o momento em que notou a mulher loira dentro do seu carro. essa é a emma. emma, essa é dona rute, a mulher mais linda desse bairro inteiro aqui. não entendo por que sua mãe ficou tão sem graça com a presença da loira, se era ela quem vivia dizendo que é disso que preto gosta, sendo que o esposo dela é preto e ela também. até onde sabíamos emma era nome de bicho. sua mãe estranhou, mas disfarçou. emma puxou-a para um abraço e forçou dois beijinhos no rosto. que linda meu filho muito encantada, onde você arrumou moça assim. ela é da frança. da frança? eu vou receber uma parisiense na minha casa. oui, mas não sou de paris, sou de toulouse, no sul da frança. sabe o sul? sua mãe não é burra, todo mundo sabe o que é um sul. mas ela apenas sorriu ainda mais sem graça, nem percebeu que não vestia as dentaduras no rosto, também não percebeu quando emma limpou as bochechas e mãos sujas de caranguejos na primeira oportunidade.

você não abraçou sua mãe por muito tempo como eu nem passou tempo suficiente sorrindo para o sorriso de saudade que ela fez ao te ver. apenas mostrou a chave do carro a mulher loira o tênis da adidas e o relógio, esfregando de forma cínica na fuça dela aquilo que a profecia pôde te dar. torci pela sua demora a entrar no quarto ou perguntar por um dos seus irmãos porque no momento em que fui me olhar no espelho para receber visita, só quando avistei meu reflexo e senti o seu perfume kaiak entrar por debaixo da porta, percebi que por mais que eu tenha tentado, nunca consegui roubar a profecia de você, a promessa de que um dia eu seria importante, rico e desejado pelas pessoas. já fui confundido com ladrão inúmeras vezes, nunca tive vocação para tal.

alan

cadê os homens da casa, ouvi alex perguntar. quem faz uma pergunta dessas para uma recém-viúva já morreu por dentro. se minha mãe não dissesse ter sentido nada com a morte do seu pai, talvez eu tivesse sentido vontade de quebrar a sua cara. nossa que machão, se arrastando para baixo do beliche pouco antes da sua mãe arreganhar a porta e bisbilhotar o quarto como fazia desde o começo da nossa juventude. deve ter saído, nem percebi, foi o que ela disse. como torci para que ela não recuperasse o hábito do passado e desaguasse meus podres em cima da gringa, que minhas meias viviam asquerosas na sola, que eu deveria lavar as cuecas no chuveiro durante o banho e não jogá-las no tanque, deveria deixar de ser ingrato e me satisfazer com as roupas que ficam apertadas nos meus dois irmãos e passam para mim. se falou qualquer coisa do tipo, não ouvi, porque fechou a porta antes de sair e me deixou preso a mim mesmo.

por três motivos me tornei o monstro debaixo da minha própria cama. o primeiro já falei, o segundo para me esconder da vara do zé maria e o terceiro para me masturbar. debaixo daquelas tábuas de cortiça descobri o gosto do meu esperma pela primeira vez, sempre ingênuo demais para a idade. quando eu tinha catorze anos os moleques da escola caçoaram da minha cara ao descobrir que eu não fazia ideia do que significava o codinome pão e leite, que pão era uma forma de dizer pau. as pessoas associam sexo à comida como se isso fosse normal, ô fulano eu vou comer seu bolo, comer uma mulher, saborear uma boceta, bater um bolo, lamber um cu, chupar um pau, fulano me dá leite quente. naquela idade as associações não significavam nada para mim, por isso, quando me escondi embaixo da cama e surrei meu pau até ver esguichar o leite prometido por eles, eu pensava no leite que se bebe, como se de repente eu descobrisse que homens podem ser literalmente ordenhados feito vacas, ainda que eu entendesse que aquele leite engravidaria uma mulher. saiu xixi, e dos meus olhos choro, porque eu queria me sentir um homem. passei os dedos pelos estrados da cama, os lábios que beijava às escondidas imaginando alguém por cima de mim. era ali que eu via as revistas pornô do meu pai. nunca me perguntei por que ele as guardava numa pasta em cima do armário nas coisas dele, quem mexesse ali poderia se considerar morto. eram revistas de homem pelado, careca jogador de futebol fazendeiro trigêmeos super-herói esgrimista surfista tudo o que se pode imaginar, achava que ele colecionava esse monte de indecência como qualquer outra coleção do monte de lixo que ele vivia achando pela rua e trazendo para casa, do monte de lixo que às vezes ele era. quando repassei essa história na cabeça e pela primeira vez me perguntei por que inferno ele tinha tantas revistas masculinas com páginas coladas uma na outra eu já era muito vivido. houve uma época em que eram tantas que em vez de devolver comecei a prendê-las entre os poucos estrados da cama para facilitar o meu processo. um dia cheguei da escola e minha mãe tinha dado uma senhora faxina na casa. naquela época eu era tão novo que gozava e não saía quase nenhum leite, em compensação nada se comparava ao ápice daquele prazer inexplicável feito um choque que percorria o meu corpo todo e me derrubava logo no final. enfiei-me debaixo da cama com uma lanterninha para sentir tudo mais uma vez, mas para o meu susto nenhuma das revistas estava. não sei se algum dia minha mãe afrontou meu pai com aquilo ou se simplesmente recolheu-as e colocou exatamente no lugar de onde não deveriam ter saído, nas coisas dele. deitado ali, lembrando do passado, espalmei sobre os degraus gastos sentindo saudades daquele tempo. depois tirei a roupa toda, até a cueca, juntei as mãos rente ao peito, fechei os olhos e me imaginei a sete palmos da terra. talvez assim eu pudesse me sentir mais parecido com o meu pai, pelado e morrendo sem os pelados que sempre quisemos, mas nunca tivemos.

betina

quando você chegou eu já estava na sala tentando participar. emma alegava precisar de um banho, mas nunca conseguia escorrer para fora da conversa, se esforçava para parecer gentil num papo confuso, um mar agitado, cada hora mirando uma direção rindo de coisas sem sentido afogando e puxando as pessoas.
   sua mãe foi a primeira a reconhecer sua voz, bateu na saia para se levantar com a dentadura já de volta à boca. dei um pulo e abri a porta antes dela, embora a deixasse sair primeiro só para ver se emma ia fazer alguma trairagem nas costas da viúva. o dia tinha caído e você se mantinha de pé equilibrada em um tamanco altíssimo, terminava a conversa com alguém no telefone e as alças das sacolas de presente se misturavam com as pulseiras de prata em seus dois braços, talvez usasse uma camisa branca para ninguém pensar que estivesse mesmo de luto e a

saia jeans de babados combinava com o seu corpo como nunca parecera ter combinado com o da sua mãe.

não acredito nisso, minha saia, alberto, eu sabia que só podia ser coisa sua. você sacudiu as pulseiras ao abrir os braços espalhafatosos e abraçar sua mãe com carinho. alberto não, betina. a última pessoa que me chamava de alberto acabou de morrer. sua mãe balançou a cabeça de um lado para o outro, julgando sua maquiagem e a saia, tapando metade do rosto com a mão, o rosto cheio de meu deus do céu em vários tons. fui o segundo a te abraçar, embora fosse nossa primeira vez porque na última você ainda era alberto, meu irmão do meio que foi embora para trabalhar numa empresa em são paulo. às vezes eu imaginava se você também fingia ter roubado a profecia do seu irmão alguns anos mais velho só pra dizer que a vida também escolhera ser generosa com você, diretora de arte numa agência de publicidade. mas você não costumava falar bem da vida e parecia ser mais generosa do que ela. depois que todo mundo entrou, sua mãe me contrariou e pediu para que eu deixasse a porta aberta como sempre. mas e a onça. essa onça já teve a cota dela aqui, não havia medo algum nos olhos dela. essa é emma, a namorada do seu irmão, parisiense. toulouse, dona rute. tudo a mesma coisa, explicou sua mãe sorrindo. a coragem que a gringa queria ter para te olhar dos pés à cabeça estava na verdade em você, e foi exatamente o que você fez, mirou aquela mulher mirrada de cabelos secos e amarelos, o rosto liso e claro, diferente de todos os nossos, a echarpe em volta do pescoço como ninguém aqui usaria e aquele sorriso de quem é pouco íntimo da simpatia, mas tenta disfarçar de primeira.

você não fez sala nem cerimônia nem se dirigiu ao seu irmão mais velho, não se falavam havia anos e a sua mãe fingiu não perceber. todo mundo fingiu. a senhora foi reconhecer o corpo? sua mãe fez que sim. e era ele mesmo? sua mãe fez que sim. seu irmão mais velho visivelmente atordoado, pois ainda não havia tido colhões para tocar em qualquer assunto referente ao pai de vocês. e ele não pode ficar lá tipo pra sempre? alex não aguentou, estourou fácil, tenha respeito pelo teu pai. respeito. quem é você para falar de respeito? ei, respeitem a mãe, falei. você ficou me olhando, decidiu dar uma volta pela casa reparando-a com seus olhos delineados. não é desrespeito, zinho, só vim aqui por dona rute, foda-se o meu pai. alex quis se levantar do sofá, mas emma tocou no braço dele e um peso invisível o manteve preso. sua mãe então disse que por ela podia deixar lá. vocês não precisam se preocupar com nada disso, o pai de vocês sempre disse que os mortos enterrem seus mortos então deixem que os mortos o enterrem. ninguém se surpreendeu tanto com essa fala porque todos realmente ouviram seu pai repeti-la como um mantra. mas sua mãe não deveria ter exposto tamanha indiferença. será que ela quer colher algo assim no dia em que morrer?

toda aquela conversa parecia, sim, uma falta de respeito, mas eu gostava muito mais de você e de sua mãe do que de seu irmão mais velho, então não fazia sentido protestar. sua mãe fez cara feia e lançou a cartada final. eu não tenho dinheiro para enterrar. o irmão mais velho falou que podia contribuir, mas que os matutos com certeza fariam questão de não deixar que a morte de zé maria passasse em vão, um homem tão bom e memorável. aquilo emputeceu você. e desde quando a gente aceita migalha dos outros?

não precisou de muito mais para que estivesse decidido, você resolveria todos os trâmites necessários para que a prefeitura pagasse o enterro do seu pai. não à toa sempre senti você como uma pessoa muito mais responsável do que o seu irmão alex. betina não seria diferente. você distribuiu os presentes e depois falou que queria dar uma volta. como nos velhos tempos pedi para ir junto e você revirou os olhos. não vai ter medo da onça vai.

alguns vizinhos chegaram para interagir com sua mãe, mas você preferiu continuar peregrinando comigo. a rua escura como sempre parecia inerte à morte, a pizzaria em frente à igreja católica funcionando, o restaurante do melhor escondidinho do bairro, cada coisa permanecia a mesma, os postes amarelados projetando luz baixa sobre nossas cabeças, os cachorros velhos e leprosos jogando em nós suas indiferenças. você caminhou comigo em silêncio até a ponte no caminho para a trilha das cachoeiras. o som da água correndo por entre as pedras logo abaixo. nos debruçamos no apoio suado pelo orvalho, você acendeu um cigarro e me ofereceu um trago. por que você ainda fuma? porque o cigarro me faz companhia. eu não sou uma companhia agora? você é só o zinho de sempre. isso não é suficiente? talvez.

você cortou o pinto fora? talvez, mas isso não se pergunta a uma mulher. por um momento eu pensei se deveria continuar. sei que você é uma mulher, mas é minha irmã, cortou ou não cortou? uma mulher não pode ter um piru, zinho? não sei. você riu da cacofonia pervertida e respondeu é claro que pode, muitas mulheres querem. graças a deus você não pareceu ofendida com minha pergunta, tragou o seu cigarro e depois me indagou para que eu achava que o meu piru servia. tive vergonha porque depois de muito tempo eu respondi para foder. então você deu uma gargalhada que cortou a noite inteira como se já fosse ficar de manhã. tragou uma vez mais e depois abaixou a mão com o cigarro entre os dedos até a direção da genitália e disse que um piru não serve para absolutamente nada. mais uma vez a porra de um nada.

betina

quando você ligou a seta do carro próximo a um posto de gasolina eu podia jurar que vestiria a capa da filha responsável que quase me enganou em uma pegadinha. como assim, roubou a chave do carro do seu irmão mais velho e saiu comigo sem pedir permissão a ele? só que você é especialista em apreender as pessoas em uma cama de gato feita de fios ameaçantes confusos e deliciosos. como uma laranja que a gente descasca devagar medindo o peso da casca com cuidado passando o fio da lâmina cuidadosamente para separá-la bem da carne, sem saber em qual momento a espiral descascada vai quebrar e cair. você é a casca que desafia a faca.

    não estava nem aí para encher o tanque do carro do alex em compensação pelo uso. desceu do arraial foi para a cidade um pouco maior e estacionou o bichão na loja de conveniência. só percebi que estava atrás de mais cigarros quando vi seus dedos roçando um no outro feito dois viciados sem conserto. as portas de vidro se abriram automaticamente quando colocamos um pé dentro da loja, um ar quente vertendo da cortina de ar acima das nossas cabeças, um moço alto de uniforme vermelho e amarelo com avental jeans olhou primeiro para você. sempre olhariam primeiro para você.

se lembra do dia em que entramos numa loja de departamento e você roubou uma coisa sem dó nem piedade? dizia que o dono das lojas americanas não ia se importar com a calcinha vermelha que você queria testar. por que tu quer testar uma calcinha fio dental, alberto? você caminhava tranquilamente pelas prateleiras, passando o dedo em livros e rasgando saquinhos de amendoins. é fácil, zinho, como a gente vai saber se gosta das coisas sem testar. sutiãs meias-calças calcinhas e bundas me faziam suar, roubavam minha fala me faziam querer saber dizer certo te espero lá fora. metia na cabeça que se alguém olhasse e perguntasse alguma coisa poderíamos dizer que queríamos surpreender nossas namoradas inexistentes.

até hoje tenho receio de pensar certas coisas perto de você porque seus olhos sabem enxergar as pessoas, lançar um anzol dentro delas e puxar seus pensamentos, transformando-os em presas. foi isso que você fez ao me levar então para a seção masculina e mandar que eu escolhesse uma cueca nova, pronto. tentei não demonstrar o quanto aquelas fotos de homens com os pacotes recheados me enchiam os olhos e me inchavam lá embaixo, então quando você puxou o anzol de volta com força deu pulinhos batendo as mãos. eu sabia, eu sabia!

rute

onde foi a mordida, mãe? quantas mordidas? a senhora não estava gostando daquela insistência toda, minhas perguntas faziam você coçar os braços as pernas e estourar os catombos que em breve virariam tão roxos quanto os outros pontinhos escuros na sua canela, você se fatiava sem notar, flagelava a si mesma até suas pernas chorarem lágrimas de sangue. isso nunca foi um bom sinal. sua resposta foi um abrir da porta que eu tinha acabado de fechar, já disse que onça nenhuma vai entrar aqui, não foi nem aqui que o seu pai morreu. mas o que o luisinho fez quando achou o corpo perto da cachoeira? botou no burro e levou pra polícia, ele vivo ainda.

quando uma cidadezinha tem uma polícia pequena que fica no seu bairro e o policial é o mesmo homem que você conhece desde sempre, aquele mesmo velho de óculos ray-ban de quinze reais que caguetou para o seu pai no dia em que você deu um dedo do meio pra ele enquanto passava na garupa de alguém, é difícil levá-lo tão sério.

olha só quem está ficando chato só porque estuda corpo morto na faculdade. o seu tom era de orgulho e brincadeira, mas eu estava me perguntando o quanto os homens daquele bairro poderiam estar mancomunados com a morte do seu falecido esposo. não sei bem por que pensava uma coisa assim, supostamente estava assistindo a filmes demais. e se eles o tivessem assassinado. e se em vez da onça serial killer existisse um de verdade. e se o seu marido estivesse devendo a alguém. se tivesse tropeçado, batido a cabeça e desmaiado, e só depois então revirado pelo bicho.

sua nova velha filha tinha ficado com os papéis do defunto, não havia nada diferente registrado, estávamos cansados de tanto tentar marcar aquele enterro. em casa nas primeiras horas as pessoas importunavam para saber os detalhes o horário do velório se estava faltando dinheiro, que fulano já ligou para o ibama. betina expulsando e sobrepondo o pesar dos hippies e das irmãs com a curiosidade. na geladeira uma jarra de limonada geladinha suando. o sol invadindo a cozinha pela janela aberta e de repente nada pareceu mais importante do que beber os velhos tempos em formato de suco. não, não, não, é da visita. só um gole mãe. mas você não apenas negou, como arrancou a jarra das minhas mãos com o cuidado de não derramar uma sequer gota preciosa. que visita. o pai da gilmara. a senhora disse que ele tinha mandado mensagem de pêsames e estava indo até lá para buscar alguma coisa. buscar o quê. a senhora não respondeu. o tempo parecendo uma pessoa que pensa deboche corre ralenta ri chega junto joga contra e a favor. naquele dia, o tempo parecia seu inimigo. fazia você andar nervosa pela cozinha arrumando um monte de potes sem necessidade areando o panelão queimado pela fúria do forno a lenha verificando alguma coisa na janela vez ou outra roendo as unhas dos dedos murchos pela água na pia da cozinha puxando um grampo da cabeça alisando o cabelo abrindo o grampo com o dente e enfeitando-se novamente.

quando o pai da gilmara chegou, você tirou a toalha de prato de cima dos ombros e se olhou no espelho. oi gilberto. oi dona rute. dona não, só rute mesmo. ofereceram um riso falso um para o outro. gilberto não quis passar da porta para dentro, mesmo que você tenha insistido três vezes. trocaram algumas palavras sobre os pêsames, o morto. sinto muito. a senhora perguntou como estava a gilmara, ele disse que bem, finalmente tinha terminado com um cara que a atrapalhava a focar nos estudos. seu panorama sobre os filhos foi exibido breve demais. medicina empresário publicitário. entra um pouco gilberto conversa de pé a seco faz mal para os rins. gilberto riu do provérbio sem pé nem cabeça que você inventou, mas acentuou a pressa e quis saber da foice. você não demorou para entregar. tem certeza de que eu posso ficar com isso. pode, sim, tranquilo. moro sozinha agora, gilberto. não tenho pra que ficar com isso não. não sei onde você estava com a cabeça para protagonizar um absurdo desses. o homem nem enterrado e você já se livrava de todos os pedaços dele, um bolo de aniversário apodrecido fatiado e distribuído para todos os convidados com direito à repetição. que pressa era aquela, que crime. você sabia o quanto o falecido adorava aquela foice, que já tivera tantos cabos, mas continuava cortando feito nenhuma outra, podia fatiar corpo alma e espírito se quisesse.

tá bem. obrigadão mesmo. a gente se vê no velório, dona rute.

rute, você fez questão de consertar. vi morrer em sua boca um último convite para gilberto entrar, mas ele já tinha ganhado o bolo então não havia mais o que fazer ali, acenou, virou as costas e sumiu pela estrada com um pedaço do defunto sobre os ombros, a foice de fato lembrando a morte.

o sol debochava da sua cara enquanto você virava a limonada toda no ralo da pia, ajeitava mais um grampo no cabelo e olhava para o vazio pela janela, o seu filho caçula se perguntando por que o ralo merecia mais amor do que ele mesmo.

alex

você não suportava essa história do alberto virar betina. como assim. que papagaiada era aquela. um homem ser bicha até tudo bem. mas se vestir daquele jeito? precisava mudar de nome se maquiar deixar o cabelo crescer tanto mudar de voz pra que isso. um cara que carregava o nome da sua família no sangue precisava honrar o que tinha debaixo das pernas. para piorar, ainda era alto e preto. preto e bicha era demais, um insulto à memória do seu pai. era isso que você queria dizer quando sua mãe não soube responder onde ele tinha passado a noite. mãe, isso é uma vergonha. o alberto sempre quis aparecer. aposto que está inventando tudo isso para chamar mais atenção do que a morte do pai.

    isso porque você ainda não havia dado falta do carro no quintal.

    sua mãe preferiu acompanhar a vida do bolo de milho pelo vidro esfumaçado do forno. mesmo uma coisa com um cheiro tão gostoso poderia despertar memórias vis. o aroma empesteava a casa inteira feito o silêncio de dona rute. ela sempre excelente nas duas artes, observar e silenciar, e era isso o que mais irritava o falecido homem da casa.

você foi um dos primeiros a parar de perguntar o que havia acontecido quando ela amanhecia com um hematoma no pescoço ou com o olho arroxeado, todos os seus irmãos sabiam a resposta, não eram idiotas, apenas queriam ouvi-la dizer algo para quem sabe inaugurar o episódio da reviravolta dentro de casa, o fatídico dia em que os filhos munidos por uma desculpa enunciada encurralariam o próprio pai, prensariam-no com sede de reparação e, quem sabe, cometeriam patricídio. você nunca foi bom de português. não sabia pra que servia uma crase ou sequer quando utilizar as aspas. sabia como orar para deus mas não entendia o que era uma oração, os únicos pontos que conhecia eram a interrogação e o final. as discussões acordavam vocês no meio da noite. tá dando pra outro, ele perguntava. ela reclamava com a voz aguda, jurava que não. até que as indagações dele viravam afirmações, os pontos finais ganhavam força, e então vocês já sabiam como continuaria, o diálogo abafado se prolongando, o homem revirando um passado da época deles que você já conhecia de cor e salteado. esfregava na cara dela. a voz da mãe ia perdendo as forças, negava aos choramingos, não era nada disso que ele estava dizendo não era bem assim. para pelo amor de deus, josé, mas ele metia no meio das pernas dela com tanta força que nem tampando os ouvidos com o travesseiro vocês poderiam sumir do mundo. a parede frágil que nem papel.

no dia seguinte, você era sempre o primeiro irmão a se levantar. caçava-a uma única vez, na cozinha ou no quintal para checar se havia mesmo sido atingida, como, onde. ela observava e silenciava. mantinha-se presa à tarefa do momento, pendurar uma roupa arear uma panela dar milho para as galinhas sovar uma massa de pão, o que fosse. não diziam nada um para o outro e você sentia, no fundo da sua alma, que talvez ela estivesse esperando que você, o filho mais velho, fosse capaz de defendê-la daquele homem. as marcas e o silêncio dela entoavam uma canção melancólica e todas as linhas da composição ressaltavam o quanto você não servia para coisa alguma. precisava crescer logo ficar forte tomar coragem fazer alguma coisa. aí o zé maria, tomado o café fresquinho com o bolo de milho feitos pela vítima, saía para ser santo na rua como se nada tivesse acontecido, passava por você dava bom dia. e mesmo confuso e amargurado não sei por que você era o único que sempre respondia. bom dia.

betina

ruim de estacionar, você pediu ajuda. fica do lado de fora e vai me falando se tá certo. parecia muita responsabilidade para o seu irmão mais novo que nunca foi bom em fazer as coisas darem certo, mas obedeci. o carro estacionado bem atrás deu um beijo grego na traseira do "nosso". um senhor de paletó marfim imergiu do beco do cartório bem no instante em que a merda fedeu. um paletó tão feio e desajustado que parecia um crime vestir algo parecido, as ombreiras duras e as sobras no colarinho debaixo daquele sol escaldante já nos primeiros horários da manhã. tá maluca. não sabe estacionar não. vai pilotar um fogão porra. então você sempre de queixo erguido abriu a porta do carro com força, enfiou os olhos no cara e ele esmoreceu, o tom de grosseria mudou para resmungos pouco corajosos. você parada calculando cada movimento do imprestável até que ele desse partida no corsa tão sujo quanto a aparência dele, despontasse o braço pela janela já distante com o dedo do meio pra cima.

o cartório era um quadrado inóspito dentro de um beco escuro de lojas inúteis. ao redor sapataria costura xerox essas coisas. a atendente desanimada pediu seu nome para te dar uma senha. betina. ela não acreditou, estava na cara. acontece que a sua presença forte dobrava as pessoas. sua magia antes um tanto contida agora parecia resplandecer, como se você finalmente tivesse descoberto um poder sempre adormecido nos cantos do seu rosto, um poder para não morrer, e era uma coisa bonita de ver, ao mesmo tempo intrigante.
    tudo demorava. no cartório, três horas se arrastaram até que você e seu irmão pudessem partir para a próxima etapa pegar uma liberação na prefeitura. você cruzou a cidade reclamando da burocracia no brasil. o sol esmagava nossa vontade de existir, mas você não quis ligar o ar-condicionado do carro, quis sofrer calada. até pensei em explorar o rádio para distrair, ou mexer no celular, mas tudo isso parecia errado. contentei-me então em observar as nuances do seu nervosismo por vezes imperceptível. às vezes tirava as mãos do volante para roer as unhas e descascar o esmalte, outra hora girava as argolas no furo das orelhas piscava aos excessos me olhava de canto de olho. que foi zinho perdeu alguma coisa em mim. perguntei se você estava de luto e foi a única vez que você riu pela estrada. luto nunca faltou, nem um sequer dia. música?
    você sintonizou na mesma rádio que sua mãe sempre ouvia desde sempre com as mesmas músicas de sempre um bocado

delas em inglês. eu me pergunto quem está por trás disso, gente saudosista que rola feito porco no passado e não se importa em retirar a melancolia das pessoas, sempre as arrastando para as memórias presas nas canções dos velhos tempos, if i could reach higher, just for one moment touch the sky, from that one moment in my life, i'm gonna be stronger, know that i've tried my very best, i'd put my spirit to the test.

 depois da prefeitura, nos enviaram para aquela morbidez. talvez o polo norte fosse menos frio que o estabelecimento fúnebre. os ataúdes enfileirados de pé nos encarando em silêncio, cada um em seu tom de madeira, lembravam a sua família, você de um tom do negro, cada um com o seu para não haver briga, o seu pai o mais escuro de todos e ainda assim todos se reconhecendo a vida toda como morenos. um caixão trazia jesus crucificado na tampa, outro uma pomba. não sei como uma pessoa que não trazia paz vai ser enterrada com uma pomba acima do peito. a atendente até simpática interrompeu o atendimento do nada para receber uma quentinha, abriu ali mesmo para verificar. você não disfarçou a careta diante do conteúdo, macarrão com carne moída, a massa com um aspecto azedo esmiolado vencido. era isso. talvez fossem miolos de alguém, recuperados da exumação de um daqueles caixões. o cheiro do prato se misturou com o odor da morte e eu segurei a vontade de vomitar minhas tripas, os caixões me observando atentos, julgando. vai vomitar? vai chorar?

 servidos? ela teve a audácia de perguntar antes de anunciar o pior, não havia caixão disponível. você manteve o rosto seco quando ela disse que encaminharia nós dois para outro lugar, mais uma repartição para tomar mais chá de cadeira, assinar mais documentos, reviver aquele imbróglio por mais e mais tempo. não bastavam o cartório a prefeitura e o show de horrores. tomei a frente da conversa e insisti. o pai já está esperando na gaveta tempo demais, o hospital não tem mais como ficar com ele, a gente precisa enterrar. você pode voltar amanhã para ver se houve alguma desistência ou encaixe, às vezes vaga caixão. foi o que ela disse como se procurássemos uma consulta médica para um homem morto, como se todos os ataúdes ao seu redor estivessem agora ocupados e uma raiva me subiu e a minha vontade era abrir um por um e perguntar se tinha defunto neles e armar o maior barraco que eu jamais armaria.

 de repente me perguntei onde estava aquela sua capacidade de dobrar e silenciar os outros quando a gente mais precisava. não, você desejou à outra mulher uma boa tarde se levantou e foi embora com os documentos. eu não queria mais mendigar caixão, topava aceitar o dinheiro dos matutos e encerrar o assunto foda-se a sua vitória na briga de braço com o seu irmão. estava na cara que a prefeitura não queria ajudar, toda aquela demora e a falta de empatia. gente pobre não tem direito na vida que dirá na morte, paga imposto mas não tem direito de enterrar uma pessoa em paz, deve ser uma porra de uma máfia para que as pessoas gastem com os abutres que abordam famílias doloridas nos hospitais oferecendo serviço de funerária. sabe-se deus se vão tratar a pessoa morta feito um sabugo de milho velho, carinho não vão ter. a manhã inteira e ninguém sequer teve o trabalho de chamar o seu pai de outra coisa senão corpo. o corpo pra cá o corpo pra lá o corpo isso e aquilo. ninguém ofereceu pêsames ou nada parecido, todas as pessoas robotizadas por um sistema de merda, lidando com o falecimento de uma pessoa como se fosse a morte de qualquer coisa apodrecida na geladeira que a gente vai esquecendo com preguiça de retirar deixando e deixando até resolver jogar fora depois que o cheiro e a aparência se tornam insuportáveis. mal ou bem o corpo tinha um nome, o sobrenome da nossa família. isso é um desrespeito com o corpo do meu pai!, protestei batendo a porta do carro com força. você girou a chave, o volante e falou desrespeito com o corpo é o que eu sofro, zinho, vamos embora.

alan

toda casa é feita de personalidades. tire toda a família e os pertences da casa e se verá que ainda assim ela fala respira dorme acorda e esconde segredos. também os confessa. os homens da casa constroem moradias e destroem lares. cavam sapatas desenham dobram vergalhões transformam pedra areia e água em concreto levantam colunas unem tijolos deixam espaços para janelas e portas e fios. zé maria fez boa parte disso sozinho quando levantou aquela casa, os ajudantes da obra se voluntariavam, apareciam para ajudar o homem a levantar o novo lar dentro do terreno comprado. foi quando finalmente nos mudamos pra lá, do meio da mata para as beiras da rua principal, bem melhor.

    fingindo ajudar em alguma coisa, eu gostava de observar o suor daqueles homens. não entendia por que eu não fedia como eles, um fedor terrível e gostoso como todos os fedores que as pessoas odeiam mas metem o nariz para cheirar.

zinho leva o café pra eles tá pronto. pega a trena lave o balde vai lá em casa trazer água gelada zinho. gostava mesmo de quando o fim de semana chegava ou quando os materiais de construção acabavam porque a obra ficava livre para exploração. não lembro quem batizou o princípio de casa assim, mas eu, alberto e alex adorávamos brincar na obra. deixávamos que alex pedisse, pois não costumava receber nãos do pai. zé maria dizia que a outra casa seria dele quando morresse, um casarão antigo em um bairro miserável a uns duzentos quilômetros dali, onde nosso avô paterno tinha morado, sempre ouvimos falar daquela casa mas até então não passava disso. nos contentávamos com a obra onde passávamos a tarde do sábado jogando bola de gude alimentando formigas saúvas explorando os alicerces como se fossem um vasto campo de ciências desconhecidas, virando concreto imaginário.

desde quando só era um projeto eu ouvia aquela casa falar. o banheiro lotado de esperança, dizia você não vai mais precisar tomar banho de caneco olha para cima aqui será o chuveiro. a sala fazia mais eco do que todos os outros cômodos e já falava sobre as ausências. o quintal proclamava a liberdade de correr e imaginar mundos. todo o restante da casa urgia, menos o quarto fúnebre. quarto de pai e mãe é um incômodo, um deserto silencioso uma caverna um campo de concentração. raramente explorei este cômodo, não por desvontade, era outra coisa.

quando ele morreu um pacto foi desfeito. não sei que coisa é essa que acontece quando alguém morre. os inúmeros armários que pareciam todos secretos, nunca abra essas portas e gavetas, não espie não se interesse por coisa de adulto, agora pareciam clamar para serem violados. a cama dos insuportáveis renhidos querendo ser testada. não podia entender como minha mãe havia se desfeito das coisas do pai com tanta destreza. minhas mãos se afundaram em todos os compartimentos do guarda--roupa, esfareladas de pó, traça e espirro. não encontrei um utensílio que pudesse contar história e a única peça de roupa perdida dentro de uma gaveta era uma cueca. levei-a ao nariz atrás de algum cheiro, puxei o elástico para ver se me cabia, a resposta positiva muito me surpreendendo. via o pau do meu pai feito uma cobra que precisaria de muito espaço na cueca. lembro das vezes em que tomávamos banho juntos sem roupa e eu espiava aquilo, ele não queria disfarce, mostrava a cabeça e me ensinava como se lavava. se não arregaçar não cresce, garoto, tem que lavar esse sebo. acontece que a cabeça do meu era do tamanho de uma bolinha de gude e a dele quase que uma de tênis, e eu me perguntava se algum dia também teria uma bengala debaixo das pernas, se aquilo não incomodava e se todos os homens adultos ficavam daquele jeito. um dia sonhei que ele me amarrava e enfiava aquilo dentro de mim. não queria ter acordado porque, depois de abrir os olhos, pior do que sonhar uma coisa dessas é ter que guardá-la em silêncio, um pesadelo que desliza frio sob sua pele e te persegue durante dia e noite sussurrando perguntas em seu ouvido, o que isso significa é disso que você gosta é isso que você quer. fiz jejum e oração, subi monte com as irmãs e participei das vigílias, tudo para expurgar o segredo em silêncio. naquela época, eu não sabia que o falo podia representar o domínio e que era isso mesmo o que zé maria fazia com todo mundo dentro daquela casa, enfiando o cetro em quem ele quisesse. era assim que nos dobrava e nos apavorava. não sei por que, de todas as coisas que poderiam ter sobrado, minha mãe deixou sobrar uma cueca vazia. não sei por quê.

rute

a senhora andava tão arrastada pelo morro que me dava um pouco de alegria, talvez o peso nas canelas tivesse relação com a morte do seu marido. dizem que o luto é uma coisa assim uma tristeza na gente, associam logo com o preto. caminhava sem parecer que algum dia chegaria. talvez a senhora quisesse isso, saciar-se do autoflagelo, a língua de um cachorro caçando uma ferida pelo corpo.

o calor torrando as pessoas, djavan tocando na rádio, um dia triste toda fragilidade incide, o dia parecendo estável brilhoso e feliz não fosse pelas pessoas completamente perdidas ao ver a senhora. não sabiam se cumprimentavam choravam abraçavam. não sabiam se trocavam de calçada para não esbarrar no rastro da morte. dona rute, não imagino como deve estar sendo para você. dona rute e o corpo. quando vai ser o enterro. os meninos estão resolvendo tudo direitinho? dona rute, que deus o tenha.

conte com a gente para o que precisar, dona rute. dona rute, os matutos estão atrás dessa onça, não vai passar de hoje pode ficar tranquila.

então a menção ao bicho perfurou a máscara dolorosa no seu rosto e você saiu do personagem por um segundo. que que vão fazer com ela? não vão dar cabo do bicho vão.

o destino da assassina do marido entrou em questão. a moça loira dividindo a garupa da moto com os dreads longuíssimos do renato, que parou para saudar a senhora, suspirou cansada. até que enfim, tem mais é que matar que eu tô cansada de dormir com uma faca debaixo do travesseiro. o homem encoxado por ela mandou que ela virasse a boca pra lá, ali não matavam bicho assim, ninguém vai matar animal algum. ninguém ia querer uma coisa dessas, dona rute.

a senhora confirmou, disse que quem tinha que cuidar eram as autoridades. a maioria das pessoas pensando o mesmo com algum pesar, alguma culpa, não tinham vergonha na cara o suficiente para declarar absolvição a uma assassina, sem um tribunal decente, sem avaliar as consequências. e a gravidade do homicídio? não queriam tanto honrar a imagem do zé maria?

a senhora é um pouco como eu, só fingíamos entender aquele lugar. o choro incansável das cachoeiras atraindo os turistas. os moradores deslizando de moto para cima e para baixo o dia inteiro com barulhos insuportáveis, um ônibus que atravessa a cidade de uma em uma hora de vez em quando trazendo gente das quinze bandas do rio de janeiro em busca de paz. que paz. não aguentavam mais de quatro dias, de tão parado o lugar.

a paz de encontrar seda à venda na farmácia de cada esquina inventando que era legal fumar maconha ali, alucinógenos daora, um lugar místico, good vibes, a paz de gastar dinheiro na feira de artesanato lotadíssima de semelhanças, a paz de se distanciar das florestas de concreto e relaxar num espaço cheio do número um, uma escola um mercado uma internet um ônibus. mesmo assim a senhora não fez muita coisa, engoliu toda a sua vontade de apedrejar as motos barulhentas secar as cachoeiras com nomes de personagens da família furar os pneus do ônibus queimar as farmácias os pegadores de sonho os palos santos suas espiritualidades e os visitantes todos. eu fui, a senhora ficou. não sei por que ficou, fica e vai ficar. não sei o que te prende. se era o seu marido agora ele estava morto, vá embora de uma vez por todas. mas não. a senhora só sabia falar com os olhos e engolir calada, engoliu tanta atrocidade que a garganta ficou sem espaço para novas palavras.

 imaginei-a dizendo que o roberto precisava construir uma rampa para quem tinha as canelas cansadas e estouradas de feridas, onde já se viu uma padaria introduzida por escadas. outro olhar e um risinho de canto de boca engolia uma saudação irônica para um casal de turistas comendo pão na chapa tapioca gourmetizada e cafezinho num canto, um óculos de sol gigante preso acima da testa da garota loira, dois dreads horrorosos e malfeitos vomitados da cabeça caindo pelos peitos como rabos de gambá trançados com barbantes coloridos, o namorado com a postura curvada como se tivesse levado um soco no meio do peito, um soco que ficou ali pra sempre, como os meus e os da senhora, mesmo que não nos aposturássemos daquele jeito. outro olhar cheio de nojo para os pães doces tristes expostos na vitrine cheios de tantos açúcares e outras coisas parecidas com doenças, uma gonorreia um câncer comestível. o seu filho caçula sempre ao seu lado acompanhando cada detalhe, quase tão calado feito a senhora. a menina do bico de pato no cabelo dando bom dia com um olhar endomingado e perguntando o que a senhora ia querer, era por conta da casa.

gilmara, o alberto veio para enterrar o pai dele.
ah, veio?
veio sim, o alan, o alex, tá vendo aqui, só assim para lembrar que tem mãe.
e como é que o alberto tá?
um pouco diferente, assim, bastante diferente, vai lá em casa tomar um café.

atolada de interrogações óbvias, a pobre da gilmara tentou decifrar meu olhar perdido porque ainda não devia fazer ideia de que o garoto pelo qual ela nutrira uma paixão durante a vida inteira tinha sido usurpado por betina. imagina só você apaixonada a vida inteira por um homem que decide ir embora e retorna uma mulher. eu queria saber se a paixão permanecia. não saberia dizer. nem isso nem por que a senhora convidava gilmara para dentro daquela casa. já bastava ter dado a foice para o pai dela. pra que enfiar uma outra família dentro de uma casa toda destruída pelo tempo.

alex

ele não tem direito de entrar no meu carro, emma. quem ele pensa que é? merece uns murros, isso sim. emma estremeceu à menção da grosseria, distribuiu gestos de desculpa, escoltando você para fora da casa, o olhar de rute tentando em vão manter o filho mais novo afastado da cena.

mas ela encheu o tanque do carro, falei. dane-se. se eu quiser, encho trezentos carros de uma vez, tenho mais dinheiro do que todos vocês juntos, seu moleque. sua namorada pediu pelo amor de deus que você retirasse aquelas palavras. o seu olhar para o dela pareceu a mira de um fuzil, prestes a dilacerá-la de fora para dentro. emma engoliu aquele olhar a seco xingou em francês cruzou os braços e se afastou para o outro lado do quintal. merde.

o dia já tinha caído. você foi até a cerca e andou de um lado pro outro, esperando sua nova irmã. parecia tanto com o seu pai, farejando o desastre quando possesso, um cão na entrada de casa ladrando as emoções presas em si mesmo. talvez estivesse fazendo cena para a moça ossuda que trazia feito troféu. não sei como a troféu seria capaz de amar um homem que espumava de raiva por causa de uma coisa dessas. o que custava emprestar o carro para a própria irmã fazer todas as coisas que você, o filho mais velho, não se importou em executar.

você se sentou na beira do poço de concreto, os mosquitos fazendo você se estapear todinho, até que a francesa tomada pela pena te deixou vencer, passou o braço por trás do seu corpo, alisou suas costas largas, deitou a cabeça no seu ombro e foi lambendo o seu luto aos poucos, soltando termos clichês de que estava tudo bem, que você precisava se controlar, não podia descontar na gente, vocês dariam a volta por cima, em breve os pais dela não precisariam mais segurar as pontas, tudo ia voltar ao normal.

normal. seis letras metendo uma flecha em teu peito. você se contorceu e balançou a cabeça para os lados, a mulher te abraçou e sussurrou outras palavras no teu ouvido, mas você as afastou e disse de volta você não entende, loira, o velho mentiu, o casarão não vai ser meu, vai ser dela. acabou.

alan

no final das contas, tive medo. sempre tive medo. as pessoas aplaudindo meu pai do lado de fora sem sequer imaginar a outra face dele, a temerosa. na rua a caixa de fósforos no bolso da camisa dele servia para acender o cigarro de palha preso na orelha, em casa era o medo dele riscar fogo e soltar nas poças de lágrimas inflamáveis pelo chão da sala. na rua uma exibição dos filhos homens todos obedientes e atentos à voz do pai, em casa o fino zarpar da vara de goiabeira anunciando o dilacerar da pele. zé maria tinha a vara longa. apanhe sem chorar, você é um homem ou é um rato? na rua o vidrinho de unguento que ele mesmo fabricava, remédio para quem precisasse de cura, em casa o medo de minha mãe acordar morta.

    mas que buraco é esse que a falta de um homem causa, mesmo não tendo sido o melhor amigo que muitas vezes desejei. que dor é essa que a morte causa quando tira de cena uma pessoa.

tive medo da dor. medo de sentir que aquele homem merecia nossos sentimentos, deitado enquanto suávamos para encontrar uma forma de enterrar alguém que nunca demonstrou respeito pela própria morte. um dia eu vou morrer, um dia vocês vão sentir a minha falta. e agora todas as maldições ganhando vida. tive medo de desejar tantas vezes a morte de alguém e acabar recebendo tudo de volta, morrendo primeiro por dentro e depois por fora sem ver a liberdade de quem amava. medo da morte não ser o suficiente para retirar a presença de alguém. você deitado numa rede lendo um livro e a presença ali te observando. se prepara para dormir e o espectro no pé da cama. se anima para fazer tudo o que não podia diante dele, mas a presença continua te oprimindo o tempo inteiro igualzinho o olho de deus. meu pai dizia que deus vê tudo, no mais profundo dos mares, no mais alto céu, não há como se esconder de deus, um olho frio e julgador te acompanhando enquanto você tranca a porta do banheiro e tenta tocar a língua no seu próprio pau, um olho que penetra até mesmo os seus pensamentos e pesa os desejos um a um. veja só, se os bichos comerem os olhos de zé maria em alguns dias e por algum acaso eles se tornarem mesmo como os de deus, estaremos todos penitenciados para o resto da vida; pai e deus, deus e pai, sempre sentados na mesma cadeira à ponta da mesa, arbitrariando tudo e todos, desempenhando a mesma função.

no final das contas, tive medo. a incongruência das questões rolando meu corpo no lençol encardido, uma noite inteira rolando no passado. eu sozinho no quarto dos filhos, dona rute sozinha no outro, alex tinha decidido dormir com a noiva na casa do amigo de infância, betina passara a noite fora sabe deus onde. eu mergulhando no mar de dúvidas depois de conversar com a mãe no meio da sala, eu e a herdeira daquele pedaço de terra que ninguém aproveitou de verdade porque zé maria nunca quis, nunca a deixou ser feliz, nunca a deixou opinar sobre as coisas que realmente importavam. aí só quando vai embora o homem oferece um presente, como se isso fosse capaz de consertar uma pessoa sem vários pedaços, sem vaidade, sem brilho no cabelo nos olhos no riso.

a noite mal dormida me ruminou e me vomitou numa manhã pálida. eu nascendo junto com o sol, acordado com os roncos do outro lado do quarto, incomodado com a apneia do sono de uma mulher que roncava para debochar do luto e ria enquanto sonhava.

sentia os primeiros raios de sol passando as mãos pelas roupas no varal olhando para o nada, quando estaquei. a assassina dentro do quintal. vou morrer. uma onça pintada de majestosa, enfiando o olhar dentro de mim, em silêncio, ouvindo cada batida desritmada do meu coração. não sabia se tinha vindo pedir desculpas por ter confundido o matuto com um intruso qualquer. vou morrer. viera prestar condolências ou estava atrás de mais daquele sangue agridoce? permaneci parado, ela também. vou morrer. avaliei as minhas possibilidades de fuga, medi a proporção de sobrevivência, aguardei o arreganhar da boca, o focinho repuxado, o sorriso da assassina relevando suas presas. vou morrer. minha vida se passando como um filme diante dos meus olhos, eu me arrependendo profundamente por ter vergonha do que tinha ido estudar, do que tinha ido ser. se não havia tido coragem de contar que jamais estudaria medicina, como esperava revidar à selvageria de um animal tão majestoso? vou morrer, mas foi aí que a assassina piscou e falou comigo. não verbalizou, mas falou, mexeu a cabeça, virou de costas e se foi, de repente me enchendo das certezas mais óbvias para qualquer matuto nascido e criado ali. era lorota. tinha algo naquilo. não vou morrer. onça nunca tinha matado ali, bicho não rugia pra gente a não ser que fosse cutucado. acontece que zé maria tinha a vara longa.

betina

enfiava os dedos entre os cabelos umedecidos e modulava os cachos, as madeixas soltas, volumosas, nunca imaginei que qualquer um de nós pudesse ter tantos fios na cabeça. me perguntei o que aconteceria se eu deixasse meu cabelo crescer pelo menos uma vez. enquanto te olhava, pensava nas restrições aos nossos corpos, homens héteros são pessoas enfaixadas dos pés à cabeça feito múmias, o andar duro o falar para dentro o medo de sair da linha.

    você deixou a porta do banheiro aberta para que eu pudesse ver enquanto se olhava no espelho e amaciava os cachos, suas únicas atas agora eram a camisa larga e o short curto, nas orelhas argolas douradas, um brilho nos lábios para terminar, de vez em quando me olhando e trocando um sorriso como se brincasse de ser quem você sempre foi, ou quis ser, não sei ao certo. sua mãe interditada das coisas que gostaria de dizer, a preocupação em cada gesto. vai aonde essa hora. cobre essas pernas, betina, tá frio lá fora. não volta pra casa tarde. você andava de um cômodo para o outro, respondendo com resmungos pouco interessados. deixa que eu me resolvo com o alex, mãe. olha pra essa sua filha. acha que eu tenho medo de alguém ou de alguma coisa? devia ter, isso aqui anda perigoso à noite, podem não te identificar. então você selou a bochecha da sua mãe com um beijo de brilho e disse que sabia muito bem que no fundo para ela seria melhor assim, que da porta para fora ninguém te identificasse. segurou no meu braço e me puxou para perto da cerca, esquecida de que eu não era mais o caçula que você vivia arrastando daqui pra ali, o mendigo de carinho implorando para brincar.

sabe do eremita? quem? o eremita, o cara do rapé, no caminho pro circuito.

levei um tempo para localizar de quem se tratava. havia sim o velho que improvisara uma casa no meio da trilha, já ali bem antes da gente, às vezes sumido, às vezes ali, a casa toda feita de quinquilharia, lona ripa de madeira latões arame bambus. qualquer turista que fizesse a trilha mais importante do arraial passaria pelos cartazes expostos na cerca da casa, oferecia rapé tabaco ervas sagradas resgate da ancestralidade de tudo um pouco. as crianças inventando teorias malucas sobre as dietas do homem, o jeito de viver. o corpo magro, as roupas capengas, olhos feito dois oceanos, a vida em outra órbita – uma que atraía muitos turistas, e alberto. quando adolescentes, às vezes você dizia ter passado a tarde no casebre do eremita, eu não sabia o que tanto conversavam. o seu pai não podia imaginar que você experimentava aquilo, o pó de casca de árvore. ervas variadas. folha de tabaco. tomava rapé escondido, vi duas vezes, um sopro dentro da cara sacudindo o espírito todinho. pingava de suor e passava horas com o corpo mole, às vezes vomitava, mas jurava que estava bem, era isso mesmo que procurava, o rapé promove cura para o corpo alma e espírito. o eremita havia te ensinado isso.

nunca mais vi esse cara. meteu o pé.

vou aonde ele for.

tem tantos outros rapés aqui, betina.

o dele é o melhor. não posso viver sem esse rapé. vim aqui pra isso, zinho. só pra isso.

era um desrespeito assumir o quanto sua frase me cortou? se estivesse falando a verdade, você não teria roubado aquele carro por um instante, não teríamos passado um dia inteiro derretendo na estrada atrás de um enterro para o corpo. não gostaria de enxergar você como uma mentirosa, não combinava. então mudei de assunto.

a gilmara perguntou por você, menti, não tinha sido bem assim. e o que você respondeu. minha mãe a chamou pra vir aqui em casa.

esse foi o rapé que eu soprei em você. vi minha irmã enrijecer o corpo, balançar a cabeça para os lados em um movimento tenso, passar os olhos nas primeiras estrelas na sombra das árvores no carro subindo a estrada, a testa se enrugando e alisando de volta conforme os vislumbres de confusão e perigo lhe perpassavam o rosto, até que tirou cigarro e isqueiro da bolsinha.

vou dormir fora, zinho. fica com o quarto. fora onde? você acendeu o cigarro e tragou.

esse bairro é cheio de viado, você sabe. hoje vou comer o jurandir. o jurandir? eu não sabia como seria logisticamente possível foder com o mecânico àquela hora da noite, um homem casado e com uma penca de filhos. mas a menção me deixava animado. era sempre assim, eu morrendo de medo de viver o perigo que me excitava. você não. saiu andando e debochando com a língua para fora, a blusa tampando o shortinho inteiro, que terminava na polpa da bunda. tá olhando o quê? tava olhando você disfarçar o quanto a menção à gilmara te estremecia. você se enchera de pose para falar que não tinha medo de nada e de ninguém, mas acho que mentia. porque o alberto tinha deixado na gilmara beijos, depois um filho. e aquele passado não parecia resolvido.

    por fora, apenas sorri enquanto você colocava as mãos no joelho e rebolava sob as batidas de um funk imaginário tocando na sua cabeça, gargalhando no breu da noite, eu morrendo de vontade de não ser feito de ataduras.

rute

não sei que prazer é esse que a senhora tinha de montar os nossos pratos de comida, não deixava ninguém se servir, empratar era coisa sua, o feijão por baixo, cada concha derramada com um regozijo silencioso, a textura de chocolate escondendo o fundo do prato, o arroz soltinho e fumacento por cima, uma folha de louro no fundo da panela para perfumar, a mistura no canto do prato, farofa, salada, a senhora milimetricamente arrumando os pratos de todos os filhos, um do lado do outro. repetir era proibido. a senhora se orgulhava de colocar as quantidades exatas, sabia o que satisfaria os seus filhos fosse o rango ovo frito ou lasanha de queijo com presunto. a pequena coreografia ilusória do controle.

    o seu marido servido antes de todos sem qualquer explicação. antes de todos os pratos que a senhora amava montar vinha aquele que lhe arrancava o brilho dos olhos. a família na sala e a senhora chegava se arrastando com o prato do santo de casa sobre a bandeja favorita dele. puxava as feições para parecer estável, do contrário ele debocharia, tá de cara amarrada por que, rute? a senhora toda remendada das míseras tentativas de se rebelar. uma breve olhada para os filhos antes de respondê-lo, um revirar de olhos às costas, um arrastar de pés enquanto se delongava para cumprir a penitência. os filhos sem entender o porquê daquilo tudo. a casa sufocada de testosterona e a senhora lá dentro conversando com as paredes quando ninguém a via, sussurrando promessas num chiado inaudível, os azulejos da cozinha todos te dizendo que sim um dia você se livraria daquele homem daquela vida de merda, às vezes um copo ou outro caindo e quebrando só pra gritar por você, a panela de pressão rugindo por trinta minutos no seu lugar, a chaleira urrando quando a água fervia, a cozinha inteira com pena de ver a senhora fazer o seu prato por último fingindo não se importar em se alimentar das sobras. tenho certeza de que a chaleira a panela de pressão os copos e pratos mentiriam para proteger a senhora no tribunal. todos assistiram àquela noite horrenda, a senhora rasgando o saquinho de chumbinho com os dedos trêmulos, farejando o veneno com a ponta do nariz, misturando com o feijão do primeiro prato da noite. dez minutos depois de comer, o homem da casa caiu no chão e estrebuchou, o corpo se contorcendo aos poucos, rugiu de dor. seus dois filhos mais novos com os olhos esbugalhados sem saber o que fazer, não acreditavam que um dia a senhora seria mesmo capaz. o mais novo buscando na senhora uma ordem, salva ou deixa morrer? alberto tremendo feito vara verde saiu da casa às pressas atrás de um carro, não sei se para transportar um vivo ou um morto.

a senhora andando tranquilamente até a cozinha sem sair de lá. imaginei que fosse despontar a qualquer segundo com uma faca empunhada, irromper com a espingarda na mão e terminar o serviço. zé maria agonizando na minha frente sabendo de todas as coisas não ditas...

gente ruim apodrece, mas não morre. o homem retornou do hospital em silêncio, sempre o silêncio. o único desconhecedor da verdade naquela casa era o seu filho mais velho. o segredo era o anel dentro das mãos do zé maria. ele passou o objeto de mão em mão na família, queria testar quem sabia das coisas, ninguém a fim de brincar, mãe e filhos tremendo de medo do que ele pudesse fazer, ele roçando as mãos fechadas nas dos seus filhos protegendo o segredo com olhar de mistério, por fim revelou as palmas vazias e perguntou para o seu filho mais novo, com quem está o anel? eu sabia que meu pai tinha voltado diferente, que enquanto passava o segredo na mão da senhora, alguma coisa havia mudado, e, mesmo que o seu marido tivesse ressuscitado, pela primeira vez você parecia ameaçadora, por isso ele deixou o anel escorregar de volta para a sua mão. tudo em segredo. e nunca mais se ouviu falar naquela história.

betina

a lua no céu era um olho que tudo via. na brisa, a frieza do mundo. você se sentava no banco do ponto do ônibus sabendo que àquela hora ninguém mais chegaria ao paraíso das águas. não queria trazer gilmara para dentro daquele lar cheio de luto. quando seu irmão mais novo te perguntou se o mais velho tinha mencionado o roubo do carro, você o corrigiu. quem rouba é ladrão, zinho. eu tenho cara de ladra? disse que alex não era idiota de mencionar um por cento daquele assunto para ti e ponto final. a falta de sinal de internet e o sumiço do moço do rapé anunciavam o fim do mundo, e você esvaziando maços de cigarro em busca de equilíbrio.

    para sua surpresa, gilmara não se assustou com sua nova versão. não houve uma nota de imprevisto no olhar dela, tampouco perturbação. reconheceu você de longe, se aproximou e sentou do teu lado. quando vai ser o enterro? provavelmente amanhã. provavelmente? você apagou a ponta do último cigarro na beira do banco, no espaço entre você e sua ex. jogou o cotoco fora, cruzou as pernas e deixou o silêncio engolir suas palavras. tentavam se encarar feito duas pessoas não tão desconhecidas assim. daí você começou a explicar que não queria que as coisas fossem daquele jeito, que você e zinho tinham ido à prefeitura e tentado resolver aquela merda toda do jeito de vocês. mas e o alex? ele não pode pagar pelo enterro do próprio pai? você revirou os olhos. aquele idiota. ele se recusa, acha uma ofensa proibirmos o povo de chegar junto. diz que os matutos querem se sentir parte desse momento. olha, eu tentei fazer o possível pra não precisar das migalhas desse povo, mas se é isso que eles querem, se é isso que o homem queria, que se foda, gilmara. por mim podem comer o defunto! o olhar da outra moça estremeceu de leve. uma cigarra resolveu anunciar o calor do dia seguinte, sendo que um dia de sol não combinava com um funeral. talvez você não precisasse mesmo de chuva, porque um temporal já acontecia dentro de você.

    todo mundo aqui amava teu pai, você sabe. deixa os matutos ajudarem, alberto. não é nem ajudar, é se despedir mesmo, agradecer. meu nome não é mais alberto. é betina. então vocês finalmente se encararam de verdade, olho no olho feito eu e aquela onça, as verdades escapando pelo espectro do olhar, uma captando a expressão da outra, verdade e um pouco de tristeza também.

    se bem que você já gostava de homem quando a gente tava junto. e daí, gilmara, não tem nada a ver uma coisa com a outra.

    a moça quebrou a distância aproximou o corpo do teu segurou teu braço frio e notou teus pelinhos arrepiados, mirou cada detalhe no teu rosto: os olhos pintados o brilho nos lábios a sobrancelha milimetricamente desenhada e todas as incertezas nas janelas do teu rosto. eu fico feliz, disse ela, sorrindo quente. você sentiu mais frio e não retribuiu. então, de repente, gilmara murchou. nas cavidades do semblante dela, você reconheceu uma brecha de si mesma. a dor da perda daquela criança a quem você nunca esqueceu e sempre ajudou de longe como pôde, mesmo vocês combinando que você não seria pai de um filho acidental, não assumiria paternidade, a criança que ela quis mesmo quando entendeu que você estava falando sério depois de ter tomado aquela surra no meio da noite e prometido que se mudaria daquela cidade para sempre e nunca mais retornaria, o bebê que vocês dois juntos acordaram que a triangulação seria feita de qualquer outra forma teria um ajudador a distância, um coelho da páscoa secreto e fodido, uma figura natalina fantasmagórica, e que o garoto jamais saberia daqueles tratados todos quando amadurecesse. de todo modo, nada disso seria possível, porque o bebê feito por vocês dois foi entubado assim que parido e nunca teve a dignidade de ver um sequer centímetro da vida fora da maternidade. durou algumas horas apenas. talvez deus o tenha poupado da desgraça que é o mundo.

    achei que outra vez você não viria, gilmara constatou.

    no rosto dela, a mágoa se alastrando por ter vivenciado toda aquela dor longe de você, ao mesmo tempo tentando respeitar os fantasmas que fragilizavam o seu ser. naquela época, alberto, viado e acumulado de rejeições. gilmara aguentando tanta coisa sem saber onde ceder. parecida contigo, que por dentro guardava tempestades de estimação. alberto ausente no velório do cordeiro, betina presente na morte do lobo.

alan

que palavras detalham melhor um homem que foi mordido por um bicho e achado à beira da morte no meio do mato? morte súbita, foram as duas palavras que colocaram no papel. foi o fim que deram. simples, elegante, morte súbita.

    posso concordar que é súbito, um animal que nunca matou ninguém nesse fim de mundo de repente se entregar à selvageria de si mesmo. quem nunca. quem nunca olhou para um dinheiro na carteira do pai e num ímpeto avassalador o roubou, quem nunca gozou assistindo a um sexo estranho na internet, uma foda animalesca onde alguém é dominado e berra quase chora implorando por mais, são todas essas decisões que tomamos de súbito.

    é uma grandessíssima idiotice as pessoas terem um documento depois da morte, um monte de informações num pedaço de papel num país burocrático cheio de repartições públicas moribundas e sempre parecidas: um piso cafona e sujo as paredes azul-escola ventiladores tufões imundos de poeira teto de pvc umas lâmpadas anunciando que vão queimar a qualquer instante cadeiras azuis desconfortáveis avisos xerocados aqui e ali divisórias de plástico isolando uma área refrigerada.

    morte súbita. estava escrito no papel dele. não é importante dizer quem matou? como morreu? não tem que estar no papel? uma morte assim clama por mais palavras, um pouco mais de dignidade. assassinato animal, ataque animalesco, qualquer nomenclatura que ressalte quem matou. porra.

    a casa do luisinho permanecia igual a quando parti. o terreno lotado de verde, as árvores imensas no fundo tentando aglutinar a casa inteira, uma construção engraçada pendendo para um lado. janelas portas e telhados de madeira velha, a antena parabólica sendo a cereja do bolo. a esposa, que tinha vindo da cidade quando mais nova e passaria a vida inteira sendo chamada de a mulher do luisinho, foi péssima em esconder o desgosto da minha presença. não a julgo, ninguém quer ser surpreendido pelo luto tocando sua campainha àquela hora da manhã. luisinho tá em casa? ô meu filho entra. chama ele aqui, tia. sério, quero entrar não, tô com pressa. o homem demorou, mas por fim deu às caras. se arrastou até a cerca com a camisa pendurada em um dos ombros, a bermuda jeans de sempre, a cor queimada do sol. abriu o portão e me tascou um abraço sem dizer palavra alguma. que estranho aquele corpo chegando tão perto sem pedir licença. que estranho meu tórax estremecendo por dentro assustado. não lembrava da última vez que havia vivido aquele gesto, um abraço, alguma coisa explodindo invisível dentro da minha cabeça querendo desaguar pelos olhos que arregalei fazendo toda a força do mundo para não demonstrar.

    luisinho triste e cabisbaixo só se afastou quando quis. perguntou como eu estava. vim saber como ele morreu. não foi você que achou o corpo, tio? o homem continuou sem me olhar. você já sabe meu filho não tem mais nada que eu possa falar. mas como ele tava, pô? que história é essa. onça não mata. minhas palavras forçaram o queixo do homem pra cima. enrugaram a testa dele todinha. oxe, não mata? tá maluco zinho se um bicho daquele não mata. tenha respeito pelo teu pai. então, de súbito, de frente para o amigo mais próximo que zé maria podia ter, me senti um otário. o homem vestiu a camisa murmurando baixinho. e outra, o alex já me falou do enterro. a gente resolve isso hoje do nosso jeito. não dá pra envolver prefeitura não. teu pai merece respeito.

    e tu acha que eu não respeito?

    de súbito, eu tinha falado aos gritos. de súbito, tinha falado cuspindo e o empurrando pra longe. os olhos mais selvagens do que os daquela onça, desesperados para substituir a vontade de desaguar por qualquer rompante de fúria dentro de mim. um rompante que me fez dar as costas para o melhor amigo do morto e voltar marchando de ódio pela rua. as pernas com pressa, atropelando a calamidade das palavras não ditas. de súbito. tudo de súbito. não gosto dessa subiteza da morte, você está caminhando pela calçada, foi ao mercado fazer compras e de súbito um carro avança pelo paralelepípedo amassa sua bacia e te dá apenas mais quatro segundos, tempo de você assistir ao filme da vida e partir. morte súbita. a vida farta de de repentes.

de repente você está feliz e de repente sua vida é arrancada e foda-se a felicidade que você jurou ter. de repente você está aqui, de repente o seu corpo está infestado de metástase, de repente a metástase é você inteiro. um dia você gosta do que vê no espelho, de súbito sua cabeça é só mais um crânio debaixo da terra. você agora se acha tudo e de súbito não é nada. tem gente que não é nada ainda em vida. vive como morto. todo dia uma morte súbita, morte do prazer da autoestima do sorriso do bem-estar do humor. eu morri um pouco quando aquele homem me chamou de desrespeitoso. não sei por que eu deveria respeitar a morte de alguém que desprezava a fraqueza dos familiares e se vangloriava da própria força. como se aquela casa fosse seu império, seu trono fosse a cadeira em que ninguém podia encostar a porra da bunda e o restante dos meros mortais fossem seus súditos. engraçado que zé maria matou minha mãe de morte súbita inúmeras vezes e mesmo assim ela sobreviveu; já ele, o homem da casa, não aguentou a primeira.

rute

então quer dizer que a francesa surpreendeu a senhora. lá estava emma, um pouco depois do nascer do sol. a senhora não sabia por que diabos ela enrolava uma echarpe no pescoço naquele calor, ela mesma usava uma camiseta tão fina que nada parecia fazer sentido. mesmo assim, vocês sorriram uma para a outra assim que ela apareceu sem o seu filho, o que também não fazia sentido algum. dormiram bem? sim, a casa do amigo dele é uma graça. a senhora forçou ainda mais o sorriso. sabia muito bem que emma nunca havia tecido qualquer elogio sobre a sua casa, mas fingiu não reparar. é claro, uma casinha dessa, cheia de dores silenciadas e histórias que a senhora não gostaria de se lembrar. numa residência cheia de desgraça nem a melhor tinta do mundo dá jeito, não adianta arrastar para debaixo do tapete, tampouco impermeabilizar, gastar com mobília nova, nada, o bolor das lembranças vai mordiscando as paredes, bebendo as infiltrações, lambendo o alicerce, comendo os vergalhões e saboreando os segredos dos homens. então o lar está fadado ao fracasso eterno. e talvez tenha sido por isso que todos os seus filhos tenham ido embora.

era possível que emma soubesse disso enquanto distribuía sorrisos, parada ao seu lado na beira da pia, insistia em passar um café, se ofereceu até para fazer um bolo. sou ótima nisso, a senhora está me subestimando. não precisa. já pensou você vir lá de paris para cozinhar aqui nesse fogão velho menina. emma sorriu novamente, cheia de fluência no português. não vim de paris. raramente fui lá, na verdade. nem gosto dos parisienses.

a senhora sorriu como se estivesse óbvio, mas não conseguiu disfarçar a confusão. toulouse é no sul da frança, bem lá pra baixo, dona rute. fica a nove horas de ônibus de paris. a senhora já viajou tanto tempo de ônibus? é longe, já pensou? você se rendeu, puxou uma cadeira e ouviu a loira magérrima desatar a falar. agora muito simpática, ela foi dizendo que a cidade era pequena, mas linda, conhecida como la ville rose e todas as construções eram feitas de tijolinhos, que havia muitos imigrantes marroquinos e que um dia a senhora poderia visitar. deus me livre, não entro em avião nem em coma. emma riu mais uma vez e tentou convencê-la da segurança que é viajar pelo céu como se a senhora fosse uma burra estúpida, foi professorando a respeito do quanto aquele meio de transporte era muito mais seguro do que qualquer outro do mundo. a senhora riu quietinha das próprias piadas, achando graça da própria habilidade de construí-las tão depressa diante da gringa, não entro nem em coma, toulouse tu lá e eu tô é longe, já tenho turbulência demais na vida. emma terminou de secar os copos, sentou-se ao seu lado na mesa e sem eira nem beira mudou de assunto: seu esposo deixou alguma coisa pros filhos? uma sombra atravessou o rosto da senhora. ele não tinha nem onde cair morto, minha filha. ia deixar o quê? a loira refletiu em silêncio. não fazia ideia de onde estava se metendo, não deveria acreditar nas ressonâncias da vida só porque também vinha de uma família simples e desestruturada no sul da puta que pariu. mas ela insistiu. ele era muito querido, né? trabalhava com o quê? trabalhava com nada. bebia de vez em quando, vivia aí pra dentro do mato, fazia remédio, pegava uns bicos de vez em quando. e eu passando roupa, vendendo uns produtos de beleza, sabe? a gente vai levando a vida. não sei o que emma viu de fato nos olhos da senhora, se foi capaz de traduzir o sotaque dolorido em suas entrelinhas, esse olhar cabisbaixo que às vezes desestabiliza as pessoas felizes. realmente não sei se emma notou, mas sempre que você fala da vida é assim. contou também que aquele homem tinha o casarão, um imóvel alugado bem longe dali, que a locatária havia parado de pagar o aluguel por quase seis meses antes de ir embora, e agora o dinheirinho que até então sempre tinha ajudado a sustentar a família tinha desaparecido. os segundos viraram horas. a senhora não via onde emma queria chegar, mas suspeitou que ela já conhecesse toda a história daquele imóvel que estava no seu nome, a única coisa que zé maria tinha dividido com você, que caso ele morresse seria teu. só teve mais certeza quando a gringa enfiou a mão em um bolso com um gesto tímido ou perverso, deslizou com a pontinha de um dedo uma fotografia antiga por cima da mesa e ficou ali esperando. a senhora quase sendo o próximo óbito da família ao encarar aquela foto. preferia estar pelada na frente da nora, qualquer coisa, queria desaparecer. queria não precisar tocar na fotografia, vivenciar toda aquela exposição. talvez fosse melhor assumir que não pertencesse a você. ninguém aguenta ver uma fragilidade assim, tão sua, na mão de outra pessoa, agora em cima da mesa, revelando suas intenções.

    o alex foi ver se a senhora tinha esquecido alguma coisa do pai dele por aí. revirou tudo, aí achou isso no bolso de uma calça velha. por que ele ia guardar isso? a senhora se levantou de um pulo, rasgou o papel em mil pedacinhos e jogou no lixo, era onde toda aquela história deveria estar.

alex

não à toa você foi o primeiro a sair de casa, não é mesmo? e agora, quando toda a sua família se reúne outra vez, você ainda gosta de ir embora. não suporta as paredes feito espelhos mágicos, refletindo o tempo todo o presente e o passado. à tarde, você se mandou com o seu trofeuzinho. enrolou sua mãe com qualquer ladainha, pois não tinha coragem de dizer que não suportava viver debaixo daquele teto outra vez. ela poderia pensar que agora que você tinha uma vida chique, boa, agora que a profecia daquele homem da cara chupada tinha se realizado, morar num casebre daqueles passara a incomodar.

sua família ainda se lembrava do homem sapateando na sua direção e entregando um mistério. alex seria conhecido em muitas nações. nunca deveria esquecer de onde veio, de dar honra a quem tinha honra, de engradecer ao deus vivo. agora estava ali acreditando que o seu carro valia aquela casa inteirinha, incluindo o quintal, com a hortinha, o barranco cheio de mato por onde vocês escorregavam e davam mortal na infância, a antena no topo da laje, tudinho. talvez você pensasse que poderia comprar não só as coisas, mas os sentimentos e as memórias. a vida é assim, o dinheiro tem o poder de ludibriar as pessoas, quanto mais elas o têm mais crescem por dentro, começam a calcular novas possibilidades, minha nossa se eu quisesse ir para a itália amanhã eu poderia, gente já pensou hoje mesmo posso pegar qualquer voo e ir à frança, então a sensação de comprar os prazeres vai entorpecendo e um dia você chega no bairro onde seus pais moraram e acha que pode comprar respeito.

se você prosperou, por que não pagava logo todo o enterro?

naquela manhã sem brilho algum, você descobriu que emma já havia saído da cama, da casa dos seus amigos, também tinha se mandado. nem mensagem deixou. que se foda, você repetiu baixinho como quem finge não se importar. talvez tenha socado uma parede ou quebrado algum móvel da casa melhor do que a da sua mãe, porque era isso que você fazia para descontar a raiva quando éramos uma família próxima. como naquela madrugada. você tinha chegado bêbado de uma festa, puto da vida. você precisava chegar à sua cama, a mais alta do beliche, e naquela noite para você esse movimento deveria assemelhar-se à escalada do everest. seus irmãos já haviam perturbado os pais para que você passasse a dormir na de baixo ou na de rodinhas, porque agora você bebia e todo mês era aquele inferno, o irmão mais velho pisoteando os outros até chegar ao colchão mais alto, onde a hierarquia bem o receberia. é claro que os seus pais não ouviram o clamor dos menores, diziam é só uma fase vai passar. o pai pedia que você não esquecesse de intercalar água com álcool e a mãe repetia o seu nome nas orações contínuas, senhor livra meu filho de todo o espírito de zé pilintra. seus dois irmãos tinham certeza de que os pais relevavam porque não tinham ideia do que era lidar com tamanha estapafúrdia. como na noite em que você chegou bambeando tropeçou na cama de rodinhas caiu por cima do alberto e vomitou. como se não bastasse, praguejou o mundo se levantou bateu a porta do armário com tanta força que num ímpeto de dor ela dera um pulo para fora do móvel escorregando até o chão após um estalo terrível. as luzes do quarto reagiram aos dedos preocupados no interruptor. zé maria raramente entrava naquele cômodo, principalmente assim no meio da noite sob o umbral da porta. a penumbra daquele cara forte feito o tronco de uma árvore escura, os galhos secos para a família, floridos e frutíferos para os amigos. agora lascou. quebra o pau. seus irmãos finalmente acharam que o maior dos esporros chegaria, a justiça tardava mas não falhava, finalmente seriam vingados de toda aquela merda de fase.

    tardava sim, e como. tardava e falhava. zé maria te envolveu em um abraço e te retirou do cômodo com o cuidado de quem acolhe um animalzinho adoentado. o ódio dos garotos misturado à incompreensão e à perplexidade eram tamanhos que, se entrassem em combustão, a família inteira morreria carbonizada em quatro segundos. salpicados de vômito e nauseados pelo bafo da cachaça, os dois encararam um ao outro e depois assistiram ao sono sair gargalhando de deboche quintal afora, só voltaria no dia seguinte, quem sabe. zé maria colocou você debaixo da ducha por longos minutos. o chuveiro vazando sobre a sua cabeça e o corpo nu. pela fresta da porta, seu irmão mais novo viu suas vergonhas. viu o pai afagando-lhe a cabeça alisando os ombros dando um sermão como se recitasse uma bela poesia. depois que os dois estavam secos, o pai perfumou o lar com uma panela de mingau de aveia quentinho serviu dois pratos e comeu ao seu lado na mesa da cozinha. eram três da madrugada e os dois homens mais velhos da casa degustavam as babas de um mingau encardido para curar as ressacas da alma. falaram sobre o flamengo e sobre as desventuras antigas de quando o velho tinha a sua idade, um afeto destinado somente a você, o primogênito, aquele que ocupava a cama mais alta, que um dia enriqueceria e presentearia a família com tudo o que houvesse de melhor. não sei se você se lembrou disso quando bateu a porta do carro com tanta força que fez o vidro transparente vacilar. se trancou ali dentro e desatou a chorar. os vizinhos matutinos passando direto e fingindo não olhar para respeitar o seu luto. todos considerando muito o filho mais velho que havia aberto mão de pagar o enterro do pai para que todos que o amassem tivessem a chance depositar na despedida do zé uma semente de gratidão pelo homem maravilhoso que ele fora naquela cidadezinha tão bela.

betina

teus passos adentraram a casa na manhã do enterro. chegar àquela hora da manhã significava que você tinha ido dormir em outro lugar, como o seu irmão mais velho e sua cunhada. dava vontade de querer saber se você tinha passado a noite na casa de uma amiga ou de um amante, se usara a boca para jogar conversa fora ou para indecências, suas roupas não diziam nada a respeito, tampouco a maquiagem ou cabelo, o rosto inchado poderia ser de um sono maldormido ou de tanto chorar, mas há de se dizer que ninguém tinha na memória a imagem do seu choro, e isso era uma entre tantas coisas que você ainda herdava de alberto, herdava mantinha e cuidava.

    entrou pela cozinha com aquele jeito de andar de quem é dona de todos os lugares, como se todas as coisas se rendessem à sua presença. o alex não tá aí?, você perguntou ao seu irmão mais novo. ele com a bunda escorada na pia de braços cruzados olhando para o nada, a cara dormida feito a tua, as semelhanças entre as feições ligando um ao outro para o resto da vida, onde quer que fossem as pessoas saberiam que tinham morado por alguns meses no mesmíssimo ventre. o caçula deu de ombros e você se intrigou um pouco mais por não ter visto o maldito carro do lado de fora. tu tava onde? e te interessa, zinho? tava por aí ué. rente a pia você o empurrou com o seu corpo de lado, sorrindo, e então o seu olhar abelhudo se prendeu à lixeirinha da pia. de repente era como se vocês dois regredissem à infância, o êxtase da aventura os enlaçando uma vez mais, diante de um segredo e à beira da descoberta. alan vigiava a porta enquanto você recolhia cada pedacinho recém-rasgado e descartado. mais tarde, você remontou o quebra-cabeça para se perguntar o que o avô do seu filho morto estava fazendo nas sujeiras de sua mãe. tinha motivos para considerá-lo um porco nojento.

alex

o cheiro de costela com batata dominava a casa. era uma manhã triste de velório e você devia achar que sua mãe não tinha o direito de cozinhar uma coisa tão gostosa. na verdade, você via o desafio nos olhos dela, em cada gesto, enquanto ela e sua noiva colocavam a mesa do almoço trocando meias palavras, sua nova irmã reiniciando o modem da internet pela terceira vez e o irmão mais novo como sempre no meio das mulheres também, espalhando talheres e pratos na mesa. você também poderia se envolver, não precisava se apregoar ao sofá da sala fingindo assistir a qualquer coisa na televisão. acontece que, pelo menos naqueles instantes, você se via como o homem da casa mesmo sem querer. quando um patriarca morre, o bastão é passado para o mais velho, um pacto taciturno e inquebrável. a obrigação de prover era sua herança, e, caso qualquer coisa acontecesse com a sua mãe ou sua família, o maior fardo de responsabilidade cairia sobre ti, alguém precisaria defender a prole na linha de frente, e todos esses pensamentos formavam uma nuvem cinzenta em seu entorno, uma fumaça muito prejudicial a quem inalasse. melhor o cheiro de costela, você mesmo achou.

almoçou em silêncio. achou graça de duas piadas de betina, mas se esforçou para não demonstrar. o passado gostoso todinho no seu prato, cada colherada um afeto, uma memória, como era bom viver da comida da mãe, sob o teto do pai, não ser perseguido por códigos de barra bancários. por isso, você bebeu o caldo da costela com agrião cheio de gosto, mas causou um terremoto na mesa tamanho o pulo que deu.

tudo bem, meu filho, disse sua mãe. o seu rosto de repente era um choque pálido, todo mundo alarmado e levando arrastados minutos para perceber o que se passava. você finalmente havia se dado conta de que passara aquele tempo todo sentado na cadeira do pai, aquele assento majestosíssimo o qual a família inteira era obrigada a evitar. sua mãe se irritou e mandou você sentar de volta e terminar sua comida, mas a voz dela, cada vez mais fraca entre tossidos, não te mandava mais. transtornado, você prolongou o silêncio da família quando se enfiou para dentro da casa, emma sem saber se levantava para te acompanhar ou se terminava aquela delícia jamais experimentada. então você retornou com um saco preto cheio de camisetas embaladas em plásticos, abriu uma delas e colocou na frente do corpo. mandaram fazer pra procissão, disse. eram camisetas brancas com uma das únicas fotografias do patriarca estampada, embaixo o nome a data da vida a data da morte. nas costas, qualquer versículo bíblico com uma fonte cafona. não sei como haviam produzido aquilo tão depressa. vocês vão querer? a fumaça preta deixada na sala devorou as paredes e encheu a cozinha, faminta pelo caos, saboreando seu olhar craquelado de raiva contida, encarando a família que não sabia como te responder naquele momento. seu irmão para você travestido explodiu em risadas. uma onda de fúria cegou seus olhos e você avançou em direção a ela. tá rindo de que, seu via... fala! fala o que você ia dizer, betina vociferava de pé com um facão na mão. o restante da família paralisada. os irmãos se encararam com ódio. rute se pôs de pé, cansada. você perguntou se ela pelo menos iria ao enterro. sua mãe te encarou em silêncio por quase um minuto, pacientemente caminhou até a cadeira do velho, ergueu-a com uma força descomunal, carregou-a até a porta da entrada pela cozinha e arremessou-a para a puta que pariu. depois sua mãe destruída perdeu as forças e foi desmoronar trancada no banheiro.

alex

o corpo do seu pai jazia murcho, cinzento e sem brilho, que força é essa chamada vida, capaz de se enfiar dentro de um receptáculo e transformá-lo numa pessoa? a vida tinha ido embora e agora você parecia procurar por ela enquanto se assustava ao observar o corpo inexpressivo, esquadrinhando cada centímetro do rosto naquele caixão lotado de margaridas que, por conta do tipo de morte, deveria estar fechado, aparentemente tinham feito um bom trabalho para estufá-lo e costurá-lo; eram tantas margaridas que, de fato, só se via o rosto, e quem sabe você não tenha se visto naquela expressão, afinal, todo mundo é um pouco morto por dentro, no final das contas todo mundo é um defunto enjaulando a vida, ela presa dentro da gente, esmagada pelos órgãos, esperando igual um pássaro numa gaiola, aguardando o momento em que finalmente alguém abrirá a portinhola e dirá pronto vá embora; é assim que tudo começa, a vida batendo as asas e finalmente se libertando da caverna onde a enfiaram, quem sabe daqui a um tempo ela não sentirá saudades do escuro e correrá atrás de um novo buraco para se enfiar, é igual a gente, e talvez por isso sejamos o que somos.

zé maria não parecia o homem forte de antes, a cabeça diminuta a pele sebosa centenas de milhares de vermes o comeriam em poucas horas até que em alguns meses não sobrasse nada, uma tremenda falta de respeito. se pudesse, você embalaria o corpo a vácuo para preservá-lo um pouco mais. se pudesse, nunca teria brincado de tiroteio na infância, nunca teria sido atingido por balas de mentirinha e jamais teria caído no chão grugulejando sangue imaginário e sacudindo o corpo, tudo agora parecia uma afronta, uma depreciação daquilo que se tornava para você mais sagrado do que qualquer outra coisa: a morte, a morte devia ser respeitada.

cadê sua mãe, as pessoas não paravam de perguntar.

seu pai era tão importante que o velório precisava ser feito dentro da igreja, não na capela. os matutos da cidade emocionadíssimos, mesmo aqueles muitos que juraram nunca pisar num lugar santo, a grande maioria exibindo uma foto do defunto na camisa vagabunda, nas mãos flores lenços restos de lágrimas acenos de despedida. as mães eternamente agradecidas pelas recomendações herbosas, tristes pela perda de um homem tão bom, tão conhecedor das ervas e matos milagrosos, capaz de curar uma pessoa de qualquer dor. os pais inconformados com a perda do companheiro que, quando decidia falar da vida, desembestava a contar histórias intermináveis, sabia que eu já desci de paraquedas é impressionante o mundo lá de cima, é claro que eu conheço a trilha do peito do pombo de cabo a rabo, eu sei, na minha época a gente bebia o leite que o leiteiro trazia purinho da vaca ou de cabra, eu já fui piloto de helicóptero, ninguém me superava na capoeira eu quase fui mestre e por aí ia, a conversa empanturrada de troféus e conquistas nunca tidas.

você pediu ao pastor para ler a pequena carta que havia escrito, mas na hora a sua garganta se fechou e aos engasgos você tirou uns óculos de sol do bolso e enfiou no rosto numa tentativa imbecil de esconder suas lágrimas. a igreja enorme quente como nunca, as pessoas inalando e expirando a dor da morte, regurgitando o luto que passava feito vírus de corpo em corpo num espiralar desagradável. emma te ofereceu um abraço muito apertado, o pastor continuou falando uma dúzia de versículos decorados sobre a vida eterna, pois o salário do pecado é a morte, mas o dom gratuito de deus é a vida eterna em cristo jesus, nosso senhor, romanos 6:23, ele dará vida eterna aos que, persistindo em fazer o bem, buscam glória, honra e imortalidade, romanos 2:7, não se deixem enganar: de deus não se zomba. pois o que o homem semear isso também colherá. quem semeia para a sua carne da carne colherá destruição; mas quem semeia para o espírito, do espírito colherá a vida eterna, gálatas 6:7. então você começou a se perguntar quando receberia o salário do seu próprio pecado, quando colheria destruição. o seu irmão mais novo devia estar se perguntando o mesmo, pois foi o único momento em que se encararam de verdade, e muito conheciam um do outro. era como se fosse sua versão de aparência mais nova, de prontidão do outro lado do caixão, com a camisa que você mandou fazer, o único da família. o pastor perguntou se mais alguém queria dizer algo antes das orações, mas se não colocassem logo uma peneira, com a quantidade de mãos levantadas, o velório se encerraria à noite. ainda faltava a procissão, os carros já estavam posicionados do lado de fora para acompanhar o único homem deitado. você queria dizer tudo isso, que não daria tempo, que precisavam interromper aquele sofrimento a portas fechadas, que você já tinha vivido o bastante, mas então o seu olhar ficou preso na mosca que sobrevoou a igreja todinha, atravessou um rasgo no véu que embalsamava o corpo e avançou para dentro de uma das narinas do velho. entrou e voltou porque o nariz dele estava entupido de algodão, pois, se não tamponam um corpo abandonado pela vida, a secreção as fezes e a urina tendem a vazar por todos os buracos. vaza pelo meio da cara. então você imaginou o corpo se estufando os enchimentos se desprendendo e o líquido da decomposição explodindo por todos os orifícios de uma única vez. nem deu tempo de inclinar o corpo para o lado. o povo pulou e gemeu de susto. a costela com batata escapou de sua boca feito um jato de lavagem de porco. não pareciam em nada com o seu almoço, embora o cheiro por um milésimo de segundos lembrasse. seu corpo em descontrole, sua fraqueza doida pra finalmente se exibir e, quem sabe, liberar espaço pra que a vida tivesse mais chances de escapar de dentro de você também.

rute

todo sábado de manhã era dia de consagração, o evento da sororidade cristã entre as mulheres casadas submissas aos seus maridos, já que a igreja da senhora nunca deu muito espaço ou liberdade às divorciadas, e as poucas jovens solteiras não gastariam a vida com uma chatice daquelas. o culto parecia sempre um velório, as irmãs antigas todas vestidas de forma parecida, embaladas em estampas horrendas, os cabelos ressecados, diademas e presilhas cafonas na cabeça, um a paz do senhor sempre na boca. de vez em quando carregavam os filhos para que eles criassem intimidade com a palavra de deus, mas na verdade só buscavam elevar seus preços na vitrine da fé, monitoradas pelas próprias amigas, a maioria carregando semblantes de falsa felicidade, um tanto quanto você sempre soube manter. fizesse chuva ou sol, a igreja abrigava aquelas mulheres pobres envergadas pelo peso de dramas que originalmente nem as pertenciam, os cultos começavam cedíssimo e no primeiro raio de sol a senhora já umedecia os dedos com gotas de óleo de amêndoa e espalhava pelas pernas surradas. o cheiro empesteava a casa, um gesto tão bonito. eram as únicas vezes em que a cena se repetia, a senhora com toda a calma do mundo cantarolando de boca fechada e passando nas pernas o brilho da juventude. talvez tivesse mesmo belas pernas quando mais jovem, quem sabe não teria seduzido machos pelo caminhar, seus filhos ouviram dizer raríssimas vezes que no passado a senhora gostava de um forró de vez em quando, e, embora essa cena não passasse de um rabisco anunciado pelo seu marido agora morto, quando os seus filhos a viam lustrar as canelas de óleo vez ou outra se perguntavam quem era você de verdade antes de ter vomitado três homens debaixo daquelas mesmas pernas.

a igreja era cheia de liturgias e hierarquias, as irmãs comuns chegavam, se cumprimentavam e se espalhavam pelos bancos duros que achatavam a bunda de todo mundo, as mais importantes eram paradoxais, carregavam as bíblias mais pesadas, mas demonstravam lidar com menos peso na alma, se alinhavam atrás de uma comprida mesa forrada sempre com uma toalha branca, como se a sessão espírita fosse começar a qualquer instante. conforme as oportunidades eram distribuídas, as irmãs aproveitavam o máximo possível da liberdade que jamais teriam, não fosse o culto da sororidade, cedo demais, somente para o clube das fiéis de verdade. seus filhos sentados ao fundo ouviam apavorados as canções moribundas, dezenas de músicas recitadas de um hinário com versos repetitivos e palavras difíceis demais para qualquer um ali de fato entender, pior ainda era o pandeiro desafinado acompanhando-as, contavam testemunhos de bênçãos e vitórias, dissertavam sobre passagens bíblicas, revelavam profecias umas para as outras, abençoavam o filho o marido a família, mesmo as falsérrimas. já perto do final, a senhora fazia um gesto para que os seus filhos se aproximassem para o momento mais esperado, as irmãs espalhavam toda a sorte de objetos na mesa branca: fotografias, toalhinhas, garrafinhas d'água, chaves, aliança, peças de roupa, qualquer coisa que simbolizasse um ente querido necessitado de oração, então as irmãs levantavam as vozes num clamor que já começava bem impostado e ia crescendo crescendo tomando o edifício e conforme clamavam pela cura pelas bênçãos e libertações parecia algo realmente capaz de estremecer as estruturas da terra rasgar as nuvens penetrar o céu e atingir o coração de deus. tão bonita a fé daquelas mulheres erguendo as mãos para aqueles objetos, edificando umas às outras. os participantes comuns estendiam as mãos ao redor, mas as irmãs consagradas, somente aquelas premium, que não eram membras quaisquer, tinham autoridade para ungir as mãos com mirra e saíam tocando e abençoando as coisas nas mesas. certo dia a missionária clevandira tocou no seu ombro no meio do culto e revelou irmã eis que deus te chama pra dar um passo mais profundo na obra, com o dedo em riste para a direção da mesa a mulher fez o corpo da senhora estremecer. você caiu aos prantos porque a partir de então se sentiria importante. a senhora merecia. naquela época, frequentava os cultos com assiduidade, era casada, a vida toda ajeitadinha das aparências, chegava mais cedo para varrer a igreja e lustrar aqueles bancos horríveis, até vaso sujo de cocô lavava, se alguém deveria ganhar o poder pra sentar diante daquela mesa e, poderosíssima, ungir as mãos e ministrar cura na vida das pessoas era a senhora, toda embaralhada e ferida por dentro, mas a igreja era um lugar de aparências e naquela época a senhora ainda atuava bem. lembro que aquele convite lhe deu uma diversão, um prazer na vida, um sentido. a oportunidade oferecia cálcio para que a senhora sustentasse melhor a imagem de mulher vitoriosa. acontece que um dia, enquanto as irmãs tocavam os objetos e a igreja era tomada pelo frenesi das preces, a senhora afanou a foto de gilberto de cima da mesa.

não sei se foi por esse motivo, nem nunca soube de fato como aconteceu, mas duas semanas depois a missionária te desconvidou, e a senhora voltou a ser uma irmã básica como qualquer outra. enraivecida com algo que dentro de casa ninguém entendia, a senhora liberou todos os seus filhos de irem à consagração. por você eles nem precisariam mais ir à igreja tamanha a decepção. não sei se tinha mesmo algo a ver com a foto, afinal as igrejas eram todas feitas de traições e competições por títulos. talvez a senhora não servisse para aquele tipo de jogo. talvez a mulher do seu gilberto tenha feito um escândalo porque a foto do marido dela havia desaparecido. devia haver uma devoradora de homens ali. anos depois, a mesma foto reaparecia picada na lixeira da cozinha, esperando que alguém lhe juntasse os cacos.

betina

se lembra de quando o seu amigo claudinho foi ao hospital para nunca mais voltar? você e mais meia dúzia de amigos estavam sentados muito adolescentes no meio-fio da praça, jogando conversa fora naquele refúgio onde o tempo nunca passava. de repente, o garoto apertou a barriga e começou a gemer de dor. todos riram e acharam a interpretação digna de um oscar, mas no final os adultos desceram com ele às pressas para a cidade. ninguém poderia imaginar que um amigo tão bom, uma pessoa divertida e carinhosa, que nunca tivera coragem para assustar uma lagartixa na parede da cozinha... ninguém esperava que a morte fosse escolher alguém assim tão jovem. o fato te encheu de ira. não entendia como a morte ousaria lançar a foice de modo tão aleatório, atravessando as vísceras do seu amigo. queria saber por que ela não se contentava com as pessoas gastas, aquelas que já tinham vivido o bastante e não fariam tanta falta assim. você conhecia algumas. então por que caminhar na direção sua e dos seus amigos no meio de uma tarde nublada e divertida, se intrometer no assunto e aferrolhar o seu amigo claudinho sem mais nem menos. que porra, que inferno! naquele dia você prometeu pra deus e o mundo que jamais pisaria em um cemitério, jamais velaria alguém, nem mesmo o claudinho. preferia guardar o rosto e a imagem das pessoas vivas, não de óbitos. uma promessa finalmente bem cumprida. até as moscas foram se despedir do corpo do seu pai. você não. ignorou a passagem para as cachoeiras e subiu direto. por causa da história da onça, todas as trilhas estavam temporariamente proibidas. mas a destemida inconsequente saiu andando por aquele caminho que conhecia de cor e salteado. você era uma matuta, cria daquele lugar. sabia chegar aonde precisasse. se parar pra pensar, às vezes você queria encontrar o seu pai ali no meio do mato, vai saber. foi pelo menos uma hora de subida cortando a mata. mais algumas horas te levariam à vista do mar de morros, uma das mais impressionantes do mundo. tanta gente vinha de longe só para ser invadido pela paz o silêncio a energia revigorante daquela natureza. se parar para pensar, às vezes você queria encontrar o seu pai ali no meio da paz que nunca tiveram. de repente, o farfalhar do mato. um medo atravessou o seu olhar. algo descia na sua direção. a assassina do seu pai acenou na projeção do seu pavor. imbecil. não tinha sequer uma faca para se defender. mas então...

    ravi? o velho hippie descia a trilha montado em um burro. quatro outros animais parecidos o acompanhavam, cada um com fartas cargas de banana verde sobre os lombos, debochando da sua presença, interessados apenas em seguir a trilha.

o famoso eremita não te reconheceu de cara, e depois de alguns segundos foi ainda mais difícil, até que... a-a-a-alberto? você não se importou com aquele nome a sete palmos da terra. apenas cobriu a boca com as mãos e sentiu o coração acelerar. soltou um gritinho. suas esperanças em encontrar o moço do rapé haviam minguado tanto que a surpresa arreganhou seus dentes num sorriso faminto. ele com dezenas de perguntas atropeladas entre os dentes só conseguiu sorrir de volta. desceram montados nos burros e, somente quando encontraram a estrada outra vez, amarraram os bichos pra conversar um bocado.

    por isso que você foi pra cidade. pra ser mulher.
    eu nunca coube nesse lugar. você sabe. você sempre me ouviu.
    o silêncio se materializava entre vocês. nada parecia acontecer e, ao mesmo tempo, tudo. seu nariz os átrios da sua face seu corpo seu espírito ansiavam pelo sopro daquele homem.
    não consegui te encontrar antes. ninguém sabia de você. cadê a sua casa?
    tá na mata agora. nessa, em outras. e todas estão ligadas.
    a porra de um eremita. o pó entraria em você e te zonearia por alguns segundos, balançaria suas estruturas para depois colocá-las todas no lugar da forma que você jamais conseguiria sozinha.
    o que você tava procurando andando desprotegido com uma onça solta por aí?
    desprotegida.
    tá. você voltou pra corrigir as pessoas então.

voltei pro enterro, ravi.

hoje é o enterro, linda.

era uma tarde opressora e suas fantasias descolavam da sua cara. você não sabia dar conta da realidade. não resistiria. precisava do rapé. precisava do pó mais do que tudo. então você enfiou a fome dos seus olhos no oceano por onde ele enxergava. sua expressão familiar clamou pela cura.

não pra você.

como assim não pra mim? não fode, ravi!

a medicina da terra é ancestralidade. é com isso que você quer mexer agora?

sim. estou te pedindo.

então enterra teu pai. desejar uma boa passagem vai te ajudar a chamar o que você precisa.

nem morta! e se você soubesse o que eu preciso não me negaria!, de repente sua voz suas sobrancelhas toda a sua expressão beirava a dor e a incredulidade. eu *preciso* encontrar a porra da parte de mim mesma que eu perdi. perdi aqui dentro. e aqui é escuro. e tudo o que eu mais quero é encontrar. ravi te olhou com ternura ou pena, acolheu o seu rosto com as mãos e selou um beijo demorado em sua testa. depois te olhou com os olhos de mar e você tremulou por dentro, enfiou a língua na boca dele, insatisfeita desceu, abriu-lhe o zíper da calça e começou a sugá-lo como nunca havia feito com um homem. naquela tarde nublada, o pau do velho esquálido se mostrou rígido feito uma tora. a morte estava de greve e o tempo, como sempre, se dissolvia preguiçosamente entre as nuvens. ali mesmo, na frente dos burros de carga, das bananas verdes, do sol, da estagnação daquele lugar patético, você sugou o cano do homem em busca do oceano, de algum elixir ou mesmo de algum veneno que lubrificasse sua secura. se não podia ter o rapé, teria o sêmen do curandeiro. recebeu-o na boca, deixou escorrer pela garganta, mas, no final das contas, terminou terrivelmente mais seca do que antes.

rute

não sou obrigada a ir ao enterro de alguém que quis tanto o meu mal.

mãe, ninguém está te obrigando. a senhora só não pode ficar nesse banheiro pra sempre.

a senhora quis responder ao seu filho mais novo que ficaria por quanto tempo quisesse, mas a garganta estalava de dor, o corpo a fazia refletir se valia mesmo a pena dizer, não parecia certo fazer tanto esforço para falar com uma voz cada vez mais ressequida e estridente. depois que o seu filho mais velho tinha saído de cara emburrada para o enterro, ninguém mais conseguiu terminar o almoço tão delicioso. dois dos filhos acampados na porta do banheiro ouvindo os seus soluços, seus barulhos de ódio e pedindo para entrar. quando se viu incapaz de impedir suas próprias crianças, a senhora se rendeu. destrancou a porta e se arrastou até o sofá da sala cheia de ódio. arrebentada por dentro. não adiantava mais tentar não demonstrar o quanto não suportava ver qualquer filho seu envolvido com a morte do pai. queria que o corpo apodrecesse em qualquer vala, que os mortos enterrassem os seus mortos, como ele mesmo dizia. você viva e liberta não tinha nada com aquele assunto, eles também não deveriam ter, mas mesmo a morte parecia viva quando se embrenhava no meio de tudo e não te deixava viver em paz. então, para piorar, seu filho se aninhou ao seu lado sem sequer respeitar o seu espaço e sua filha arrastou uma cadeira de frente pra você, perguntando com a voz grossa que não combinava com suas feições agora muito femininas o que é que a senhora tem com o gilberto? eu? nada pelo amor de deus. mãe. não. fale a verdade. que verdade? só porque eu dei a foice do seu pai a ele? não significa nada. ele é só um am... a gente sabe da foto no lixo da cozinha. os pigarros aumentaram. a senhora massageava a garganta entre uma tosse ou outra, empurrando saliva para dentro. você não vai ser médico, zinho? o que ela pode tomar? visivelmente perdido, o caçula foi até o banheiro e voltou com uma caixa de remédios, borrifou mel com própolis na porta da garganta da mãe, depois de caretas e mais pigarros, ela coçou as pernas trezentas vezes e desembuchou. sempre gostei dele, ué... tem coisas que a gente não controla. ele se casou, é feliz com a esposa dele, eu não tenho nada com isso. que ele seja feliz. mas... sempre tive gosto por ele.

 por que ele seria avô do seu neto?, perguntou betina. não. não tem nada a ver com o meu neto, a senhora pareceu ofendidíssima com aquela pergunta. antes disso. antes de tudo isso eu já sentia alguma coisa, sim. todo mundo sabe que a luciana nunca cuidou daquele homem, nunca gostou dele de verdade.

depois... depois... você sabe. sim. eu achei que ele seria um bom avô, sim. que a gente... assim, só na imaginação... gente, só na imaginação... a gente seria um bom casal. a senhora fez silêncio para os seus filhos digerirem. passou a vergonha na cara deles com o olhar, a coceira nas canelas, nos braços. um sorriso frouxo impróprio que perdia vida, e as lágrimas nos olhos inchados. que mal há nisso se eu passei a vida toda ao lado de alguém que nunca amei? foi de partir o coração. a senhora tampou o rosto com as mãos e estremeceu toda. o pranto retornando de forma violenta, e depois você o proibindo, secando o rosto com força, juntando as mãos entre as pernas e desejando parecer intacta, uma estátua de novo, esperando a próxima pergunta dos filhos. os ombros nem sequer pesando um pouco menos. eu gostava de olhar para ele naquela foto, a senhora disse. era o meu pecado, meu maior pecado. nem sei se eu gosto dele tanto assim, filha. não devo gostar não... só era bom imaginar outra vida. a vida que eu nunca tive ao lado do pai de vocês.

então o seu caçula enlaçou os seus ombros e, naquele gesto, deslizou para você uma das perguntas mais perigosas da tarde, meu pai chegou a encontrar a foto? a senhora encarou o nada por um tempo.

sete dias sem sair de casa esperando as cicatrizes sumirem. vocês não estavam mais aqui...

os irmãos se entreolharam desesperados. betina indagou por que a senhora não ligou? não é culpa de vocês. ele tinha mudado, não parecia mais uma ameaça. vocês sabem. vocês só foram embora quando souberam que ele nunca mais tentaria nada. a gente nem dormia mais junto. só se aturava. vocês sabem disso. até que veio essa foto.

mas os dois só sabiam trocar a culpa com o olhar. o medo de imaginar o que poderia ter sido a mãe nas mãos do homem sem tocá-la por pares de anos. a senhora tinha dado todo o apoio necessário para que eles partissem, que fossem viver suas vidas. dizia que estava segura, que o zé não virava mais uma gota de álcool, que já não sabia mais se transformar naquele ser de outrora. todavia, a senhora não acreditava tanto assim no que falava. criara os filhos para o mundo e queria vê-los longe dali, mas no final morria de horror de dividir a vida com o medo. vivia como se estivesse brincando de pique-esconde com o pesadelo da agressão. ela não tinha pressa. poderia estar escondida em qualquer lugar atrás da mesa enfiada numa gaveta qualquer debaixo de um tapete no teto da casa e quando bem quisesse, bu, a senhora tomaria uma porrada sem nem ver de onde. era por isso que, depois que todos os seus filhos haviam partido, você tentava não dar mole dentro daquela casa, pra não ser derrubada no chão.

mas você tentou se defender de alguma forma? a pergunta de betina despertou um novo pigarro. a senhora negou com a cabeça. como assim? eu não esperava aquilo. ele mexeu nas minhas coisas e achou. eu juro que não passava da foto. nunca fiz nada com aquele homem. nunc... mãe. tudo bem, interveio ela. não estou te julgando. minha pergunta é se você revidou depois. por que eu faria isso. a senhora sabe.

mais negações. seu olhar baixo se recusou a encarar qualquer um dos filhos. mais tosse e canelas arranhadas. eles se encarando com os nervos à flor da pele, prontos para qualquer confissão que a incriminasse mais uma vez, prontos para levarem para o túmulo qualquer verdade expelida ali. a senhora continuando a negar com a cabeça, mas parecia tão frágil que sua filha não teve coragem de te pedir para esquecer gilberto para sempre.

aquele mau-caráter tinha dado em cima dela inúmeras vezes quando ainda era alberto, quando ainda namorava a filha dele. não valia a pena trocar um desgraçado por um filho da puta pervertido que para ela poderia ter sido mais uma vítima da foice na mão do rei da morte.

alan

só pude sair de casa para correr atrás dos meus sonhos quando acreditei que tudo estava bem. depois de tantos anos o homem não se transformava mais naquilo. tinha virado um velho pacato mais silencioso do que nunca, pouco interessado em sair de sua rotina que incluía cuidar da horta caminhar por longas horas construir e consertar coisas e se sentar com os outros matutos para jogar dominó ou conversa fora. negava ter levantado a mão para qualquer pessoa. parecia mesmo alguém capaz de viver a metamorfose dos dias ruins para encontrar a melhor versão de si mesmo.

só que não. agora minha mãe havia relatado ter tomado uma surra por causa daquela foto. logo o gilberto, um homem branco do olho esverdeado, deve ter feito meu pai se ver minúsculo como muitas vezes já me senti. nada lhe dava o direito. se queria ser o homem naquela foto, guardado e desejado por ela, deveria ter agido diferente em todos aqueles anos em que só despertara medo. agora num caixão envolto em margaridas, mas antes enciumado marcando a esposa com violetas. pior ainda eram as marcas sem cor, alastrando-se pelo psicológico dela e de todos nós. eu não sabia sequer explicar por que estava ali, assistindo a um homem fingir ser outra pessoa dentro de uma caixa de madeira. onde estava todo aquele medo agora? como passamos tantos anos tendo medo daquilo? um corpo que a qualquer momento cairia e apodreceria. nunca havia imaginado a possibilidade de vê-lo num estado tão indefeso. se eu soubesse, teria me alimentado melhor da ideia da sua despedida naqueles dias em que tudo era dor. ao mesmo tempo eu estava ali, por mim e por ele. para encará-lo só mais uma vez. frente a frente com o medo de me sentir culpado por escolher dizer adeus. por afagar as memórias boas que redimiam seus pedaços dentro de mim, como quando ele me ensinou a jogar capoeira no fundo do quintal. cambaleava para os lados dava cambalhota jogava o corpo molinho no ar ameaçava um ataque ou outro. me ensinava a gingar. a gente sorria entre os passos e eu o admirava por longos minutos, maravilhado com as milhares de coisas que ele sabia ser e fazer. será que algum dia eu pareceria com ele? como quando jogávamos dama numa tarde tediosa e não importava quantas estratégias eu traçasse, sempre veria todas as minhas peças serem comidas pelas suas, sua dama dançando pelas extremidades do tabuleiro, devorando todas as minhas frágeis táticas de sobrevivência. uma doce ironia do destino. eu sobrevivi e ele foi comido.

betina

quando a noite caiu, você acendeu um cigarro para tirar o gosto de porra da garganta. era o último do maço. já não tinha internet nem rapé nem dignidade. logo ficaria sem cigarros também. o vazio em seu peito era tão grande que você pensou em descer para a barra da cidade e se jogar na frente do primeiro carro cortando a estrada em velocidade. seria fácil, a pista sinuosa de mão dupla acumulava o necessário para atrair recordes de acidentes a ponto de instalarem um radar bem na entrada para o arraial, obrigando os motoristas a reduzirem para quarenta quilômetros por hora. mesmo assim, não seria impossível atrair a morte para si, se tudo aquilo não passasse de um ímpeto ridículo. você até balançava seduzida, mas no final das contas o via como um pensamento inútil desafiando sua capacidade de resistir. tinha ódio da morte e jamais se entregaria de bandeja. fumou o cigarro com pena de gastar a última companhia entre os dedos, apressada para limpar o pulmão com o sabor da nicotina, os pés a conduzindo pelas ruas tão conhecidas. seguiu pela calçada do melhor bolinho de aipim da cidade, pela pizzaria capenga, pelas cercas de troncos e pelos pontos onde os matutos artistas com a pele queimada pelo sol costumavam expor brincos colares anéis e amuletos. quando o cansaço apareceu de fato, você chegou até seu destino. o sol já tinha se despedido há um bom tempo. àquela hora, a procissão já tinha mais do que findado. as palavras do eremita não paravam de reverberar dentro de você. se não suportava a ideia de velar pelo corpo do homem, que inferno estava fazendo ali? seu pai já havia sido enfiado debaixo da terra, amém. só restava entender como ficaria a mãe. não podia deixar aquela mulher viver sozinha, tampouco poderia levá-la consigo. e jamais, jamais voltaria a tentar fincar raízes ali.

bateu palmas no portão da gilmara pensando no quanto seu pai deveria ser grato pela certidão de óbito que você conseguiu. sem o seu esforço ele jamais seria enterrado legalmente. aquilo devia ser de bom grado, seus guias se alegrariam do seu esforço e trabalhariam para que um dia você tivesse uma morte decente também. gilmara abriu o portão com a cara fechada. os braços cruzados. porra, gilmara, olha só, avise o seu pai pra nunca mais botar o pé lá em casa. se ele fizer isso, vai se ver comigo, pode acreditar. se ele se meter com a minha mãe, gilmara, eu corto o piru dele. você tá entendendo? por que você não entra e fala isso na cara dele? eu entro. vai tomar no cu, alberto. é betina! betina, betinha, belinha, que seja. e agora, hã? você vai fazer o quê? do que você tá falando. se manca! você não tava lá. de novo.

e era o seu pai. não se mete com isso, gilmara. senão o quê? vai fugir de novo? vai deixar sua mãe sozinha e desaparecer outra vez? vai fugir cagado de medo outra vez? você não sabe o que é viver na minha pele. era o seu filho! pelo amor de deus. era o seu filho. você nem se despediu.

gilmara agarrou você pelo colarinho e começou a sacudi-la repetidas vezes. dizia que era o filho de vocês duas, que tinha sido abandonada, que a odiava, que era o filho de vocês duas, eu te odeio, eu te odeio, eu te odeio, eu te od... aí cansada de apanhar você agarrou-a com a força dos braços, foi abraçando aquele espernear, aquela ex-mãe debatendo suas mágoas e horrores, você foi apertando gilmara e toda aquela dor para dentro do peito até que ela finalmente se sentiu exausta e, esmagada em você, desistiu de lutar. o choro e o vazio. o vazio cheio de segredos inacessíveis às pessoas apressadas, barulhentas e cheias de si. eram duas mulheres abraçadas pelo vazio. você odiando a morte que, além de enfiar a foice no claudinho, ceifara um recém-nascido que sequer tivera a chance de se reconhecer como um ser à parte do corpo da mãe. foi aí que o seu pranto finalmente verteu, e você teve a certeza de que não tinha regressado apenas pelos seus pais.

alan

na manhã seguinte eu acordei morto. sonhei que meu pai havia corrido atrás de mim com uma espingarda, dávamos infinitas voltas em torno do quintal a ponto de meus pés não aguentarem mais. então ele enganou o tempo e o espaço e quando eu menos esperava surgiu na minha frente e com um sorriso na boca atirou. foi tão real. a morte libertando a vida com um tiro só. a vida saindo de mim apavorada, me fazendo me levantar na cama aos desesperos.

    o cheiro de casa me trouxe de volta à realidade. o enterro do velho não poderia sair da minha cabeça tão depressa. não era um costume rodear alguém pela cidade antes de enterrar, quem foi que teve aquela ideia ridícula de expor um corpo assim. nenhum de nós tínhamos dimensão de que zé maria fosse se tornar alguém cada vez mais adorado. sabíamos de sua mão para cozinha das cocadas maravilhosas que fazia e distribuía de graça para deus e o mundo dos incensos e repelentes naturais que produzia da facilidade em fazer amizade com toda aquela gente cheia de dreads e amuletos. uma vez havia juntado dinheiro para inteirar e comprar uma motoca para o filho do irineu, que não era nada nosso. já chegara até a pintar paralelepípedo de calçada sempre muito contente com a chegada de gente naquele lugar, adorava os turistas. o paraíso recebendo gente pra passar o fim de semana e eu me perguntando o que faria se nenhum dos meus sonhos coubessem ali. já parou pra pensar o que acontece quando você cresce entupido de desejos incompatíveis com o lugar onde você é criado. como é que uma área de proteção ambiental, uma cidadezinha criada dentro da mata atlântica preservadíssima vai te apoiar a realizar seus sonhos estúpidos e tremendamente materiais. sempre pareceu desmedido que zé maria conseguisse realizar seus sonhos ali e talvez por isso fosse tão reconhecido, um verdadeiro matuto digno daquela terra. mentira.

uma vez pensei estar sozinho em casa então enrolei a barra da camisa e prendi de forma a encurtá-la expondo a barriga seca coloquei uma camisa velha na cabeça e imaginei ter cabelos longos e lisos, eu os jogava para os lados imaginando as madeixas loiras, cerrava o punho para fazer de microfone e era como se eu recebesse o espírito de uma deusa, jogava tanto aquele cabelo de malha sussurrava uma música que já não me lembro mais entregava as melhores caras e bocas possíveis me imaginando em cima de um palco alvejado por holofotes, meu corpo embalado em pérolas brilhantes emanando e despertando o desejo de toda a plateia. entreguei a nota final em frente ao espelho e quando menos esperava, da janela do quarto ele aplaudiu. num único segundo arranquei a camisa da cabeça e desfiz o decote da blusa. meu corpo inundado por um choque, o coração saltando pela boca. os aplausos duraram uns dez segundos, mas a vergonha queimou pelo meu rosto durante longos meses, anos. era pior do que qualquer coisa. a pior vergonha do mundo, ser visto como realmente sou. nunca mais aplaudi a nada nem ninguém até hoje. palmas me arrastam de volta àquela expressão desenhada em seu rosto. ele não falou nada, mas disse com os olhos e a cabeça balançando de leve para os lados, que merda de filho eu fiz.

rute

a senhora se levantou da cama bem cedo com uma série de sintomas. apunhalada pela dor de ter vomitado a verdade sobre gilberto, se odiando por ter chorado na frente dos filhos, coagida por todos os cochichos que provavelmente rolavam para cima e para baixo na cidade, as pessoas querendo saber por que dona rute não compareceu ao velório do marido. assim como a noiva é desejada no dia de seu casamento, a presença viva mais aguardada no enterro de um homem de família é a viúva. no casamento, o começo da vida, o homem entra primeiro e aguarda na beira do altar a mulher embalada de branco com a grinalda descobrindo o rosto. já o velório marca a dor e o luto, a viúva acompanhando o marido toda embalada de preto, se possível cobrindo o rosto com um véu. o fim da vida.

que fim? que vida?

alex

quando o povo falou que dariam uma volta pela cidade com o corpo do seu pai porque ele havia repetido esse pedido em conversas dissolvidas ao longo dos anos, você imaginou a procissão de uma pessoa poderosa... uma celebridade um papa alguém cuja morte importasse a ponto de mover uma multidão. também não foi bem assim. primeiramente, uma multidão não cabia naquele lugar. depois, era só o caixão amarrado no topo de um carro e algumas pessoas dezenas de motocicletas acompanhando. o povo chorou o que tinha para chorar dentro da igreja. a caminhada a pé até o cemitério era longa, então as pessoas se ajeitaram pegando carona uns com os outros e seguiram até o terreno dos mortos, limitado por um muro branco baixo demais. quando pequeno você temia que as caveiras pudessem pular dali e quem sabe voltar para casa, mas agora que contemplava a infinitude de montanhas adiante, o horizonte tomado por bananeiras e pelo pasto verdejante, você disse para o seu irmão caçula que ali, no fim das contas, parecia um bom lugar para morrer em paz. quem olhasse de perto ainda veria pequenos resquícios de vômito em sua camisa. emma deveria ganhar um troféu de melhor companheira do ano porque você com certeza não cheirava bem. o tempo todo secava os olhos por trás dos óculos escuros e, quando tudo acabou, você se afastou por um tempo, contornou os túmulos e se arrastou sozinho lá pra perto das bananeiras. talvez estivesse irritado com a falta dos outros membros da sua família, ferido pelo desrespeito com a memória de seu pai, que, apesar de tudo, fora também um homem bom. talvez se flagelasse porque detestava amá-lo. longe dos vivos e um pouco mais perto dos mortos, seus olhos vislumbraram o silêncio. um resto de choro alheio, o arrastar de pés, o cochicho das pessoas foi se dissolvendo até que não sobrasse nada além da quietude, só para descobrir que a quietude é também barulhenta. as cigarras incessantes. irritava não saber o que tanto elas diziam. você não sabia se tricotavam atrocidades sobre a ousadia dos vivos naquela terra mortífera, se cochichavam sobre você e o seu amor por uma figura capaz de maltratar uma família desde as seis da manhã quando acordava invocado e abria as janelas da casa inteira fazendo barulho acordando os filhos com gritos distribuindo tarefas domésticas feito penitências sempre muito incomodado com a tranquilidade e a paz das pessoas, sempre destinado a roubar a alegria da casa como se essa fosse sua única forma de chamar atenção para si, uma atenção que nunca teria de forma genuína ao passo que todos os filhos viviam em torno da mãe, é claro, uma vítima nas mãos de um homem covarde, ela detestando chorar na frente de suas crianças e os meninos tendo que catar no chão os pedaços de seus corações quando ouviam o barulho dela trancada no banheiro para chorar ou para se defender, e mesmo assim você ali chorando pela morte de um homem desses.

o tempo foi passando e você não quis retornar. o homem prestes a fechar o cemitério, sua noiva esperando você do lado de fora com o seu irmão caçula, os únicos vivos contando com você. naquele dia até o céu pareceu escurecer um pouco mais rápido e você continuava preso aos sonidos do mato. uma cigarra, então outro sonido descompassado que poderia ser qualquer outro inseto expulsando todos vocês em outra sinfonia pouco interessado em harmonizar com o canto das cigarras. quantos trilhões de bichos existiam no mundo. quantos deles enxergavam à noite e festejavam nela muito melhor do que os humanos. você precisava de mais tempo até que a onça decidisse dar o ar da graça, quem sabe viria assistir ao estrago feito em um homem amado e odiado. no fundo você achava que ela havia demorado para buscá-lo, e sentia uma vontade de culpá-la não pela façanha, mas pela demora, jamais confessaria algo assim para alguém, era tudo tão confuso em seu peito. a noite caindo rápido demais, antes das seis já tinha escurecido o suficiente para você se sentir em total desvantagem ao imaginar que, como ser humano, não conseguia enxergar da mesma forma que os animais no breu porque isso lembrava que você era vulnerável e miserável. talvez como o seu pai, aquele homem que dizia ser tratado pior do que um cachorro dentro de casa largado aos cantos e solitário. talvez as cigarras protestassem contra aquela presença, também não queriam um óbito assim por ali, não, muito obrigada, um espírito que às sete da manhã gritaria o nome dos outros mortos acordando-os de forma horrenda arbitrando o cemitério inteiro distribuindo tarefas ridículas só para que as outras almas não pudessem ter um pingo de paz. um cemitério era um lugar de descanso e você não tinha certeza de qual castigo as almas dariam a ele quando se irritassem com sua presença. qual castigo é pior do que morrer.

rute

a senhora fazia a si mesma tantas perguntas. por qual motivo nunca teve coragem de espalhar pelo arraial a opressão que vivia há tantos anos com aquele homem. por que nunca fizera as malas para ir embora ou por que nunca correra à base integrada da polícia militar com a guarda civil? por que nunca fizera um sinal de socorro às irmãs da igreja? na verdade, você tinha feito sim, pedia oração pelo seu esposo e por sua casa com o tom de quem precisava de um milagre e no fundo você sabia que todas aquelas irmãs sabiam muito bem do que se tratava porque várias delas também pediam o mesmo. não estavam em nenhum alcoólicos anônimos para dizer oi meu nome é maria eu levei um soco no olho, oi eu sou a ivete e meu esposo abriu minhas pernas e gozou dentro de mim mesmo eu chorando, oi eu sou a suzana e mesmo grávida hoje eu suportei calada um soco no meio do peito porque sei que se eu não abrir a boca vai ser melhor o ciúme dele vai passar tudo vai dar certo no final é só por alguns segundos fingir que minha alma está ausente e responder tudo com sim senhor não senhor. não era assim. então vocês falavam o que podiam nas entrelinhas, a paz do senhor irmãs não deixe de orar pelo meu esposo tá prova pura. saúdo as irmãs com a paz do senhor venho pedir oração pela libertação do meu marido. clamavam a deus com muita força pedindo que ele entrasse naquela causa, que o espírito santo advogasse por vocês. acontece que deus era surdo e mau, um tremendo de um sádico, já que os tempos de trégua que ele oferecia, ocupando e acalmando a mente daqueles maridos, nunca eram suficientes para nenhuma de suas esposas, nenhuma de vocês parava de sofrer por anos e anos, e mesmo assim continuavam orando umas pelas outras, acreditando que tudo na vida era permissão de deus. cada lágrima, cada dor.

nem tudo tinha sido sempre daquele jeito. a senhora tinha se enfiado na religião por causa dele. antes disso levava a vida livre. a pequena parte da família a nordeste da capital do rio de janeiro gostava de se refugiar por ali nas férias. quando começou a visitar o arraial a senhora era uma menina. rutinha moreninha, os cabelos encaracolados molhados de creme um sorriso travesso no rosto e o olhar de quem amava desbravar o mundo. adorava acampar e fazer a trilha das cachoeiras e viver o silêncio da cidade. a comida também era boa e seus pais até cogitavam se mudar para ali um dia quem sabe. foi a senhora quem implorou a eles para fazer o primeiro passeio só com as amigas. ficariam na casa da família de uma delas, teriam todo o cuidado do mundo, adolescentes que eram só queriam tomar banho de cachoeira, se desconectar do mundo. sempre conseguiam becks com os meninos e adoravam ser lambidas pelo sol com o corpo nas pedras bebiam a personalidade do lugar incomparável voltavam para a casa momentânea com os biquínis molhados embaixo dos shorts os pés sujos de areia o reggae hipnotizando a cidadezinha. duendes lindíssimos grafitados numa parede ou outra rabiscados com neon brilhavam tanto quanto você e suas amigas que caminhavam chapadas. se faltasse seda podiam comprar em qualquer farmácia, parecia o lugar perfeito para se encontrar, mas a senhora se perdeu.

gata, naquela época a senhora chamava atenção pela altura e pelo olhar, não demorou a despertar a curiosidade de zezinho. o rapaz nunca ficava de camisa com você por perto, não tinha vergonha de mostrar o volume na sunga, gostava de exibir o abdome seco trincado e os ombros largos porque de vez em quando pegava seu olhar escapando para o corpo dele, e talvez transassem um com o outro de forma profana apenas por telepatia. demoraram muito para se tocar. zezinho também não tinha família ali, mas vocês calhavam de se encontrar nas férias. era um bairro miúdo sem muita coisa pra fazer, se estivessem lá seria impossível não se esbarrarem. trocaram telefone depois um beijo uns amassos um anel de compromisso. os anos iniciais haviam sido incríveis. as línguas se encaixavam e todo o restante. a barriga apareceu depressa e com ela a decisão de morarem juntos. tudo muito cedo. tiveram o primogênito e os primeiros aninhos do bebê ainda haviam sido bons. zezinho se provando um bom pai, participando da criação com a presença necessária. não tinha emprego, mas também não deixava faltar. a senhora também não teve uma profissão e a vida foi encafofando você num buraco escuro e sem saída. quando a máscara do zezinho caiu, você descobriu o homem mais inseguro do mundo. a insegurança gerando ciúmes desmedidos, desembocando em violências psicológicas e amarrando a senhora a ele sem que percebesse. não vá ali, estou fazendo o meu melhor, não olhe para fulano, olha só o que você fez, não fale com sicrana, o bebê está chorando, esse short é curto demais, você não pode ir ver seus pais sozinha, eu juro que vou melhorar, a culpa é sua e mais outros fios e mais fios que os homens vão tecendo lentamente pelos membros e pela cabeça de uma mulher até finalmente transformá-la em marionete. um tempo depois as amarras estavam firmes o suficiente e ele só precisava mover os dedos para vê-la fazer o que queria.

 quando você menos percebeu, se culpava havia anos de não ter feito alguma coisa enquanto era tempo, se culpava por não ter ouvido seus pais dizerem que aquele não era homem para você, se culpava e enrolava o próprio pescoço pedindo mais aperto aperta mais que está pouco. e então você tinha os seus filhos para cuidar. não sabia mais sonhar. esqueceu suas preferências seus gostos seus padrões as músicas que gostava o molejo do corpo o olhar travesso até mesmo a sua voz mudou. o cabelo ressecou, as roupas escondiam as curvas, os esmaltes e batom desapareceram junto com o brilho do seu rosto. rutinha virou dona rute. zezinho, zé maria. só teria liberdade de novo quem sabe se um dia ele morresse, porque mesmo nos últimos anos, quando ele desistiu de feri-la, já não adiantava mais. seus desalentos todos calcificados dentro de você pioravam as coisas. quando se viu livre dele, a senhora não sabia o que fazer com aquela liberdade toda, nem sabia mais se a queria tanto assim. quando o manipulador vai embora e as cordas são cortadas, uma marionete não sabe ficar de pé.

betina

quando viu todos os filhos reunidos na cozinha outra vez, sua mãe se animou e tratou de preparar uma boa mesa de café da manhã. seu irmão mais velho trouxe gostosuras da padaria e parecia feliz demais para alguém que tinha feito tanta questão de enterrar o pai na tarde anterior. não pediram desculpas nem nada pelo imbróglio do último almoço, aliás um pedido de desculpas jamais partiria de você.

você arrastou uma cadeira extra e na casa coube novamente todo mundo. bom para você que adorava estudar as pessoas em silêncio. estudou sua mãe rouca e atarefada nas emendas de assunto, parecia a levantadora de uma partida de vôlei, rebatendo a bola por cima da mesa pra lá e pra cá, morrendo de medo de que alguém a deixasse cair sobre uma xícara de café um bule com o leite água e o assunto terminar no enterro. seu irmão mais novo sempre muito servente, preocupadíssimo em cortar o que fosse preciso, passar um açúcar, não permitir que uma gota de café pingasse na toalha da mesa, concentrado na orquestra dos bons costumes diante da visita. o irmão mais velho topando as emendas da mãe, sorridente ao contar sobre suas experiências no sul da frança, que a neve era bonita, mas o frio insuportável, o crepe lembrava um pano de prato vazio e encardido e não existia pão francês. você comendo um sonho da padaria e bebendo café fingindo se importar, sabendo que todos também faziam o mesmo. na verdade, queriam saber o que seria dali em diante. a mãe virando um tremendo elefante no meio da manhã. com quem ficaria como viveriam quando encararia o próprio destino o que gostaria de fazer dali em diante. foi o seu irmão mais velho que soltou a pergunta na mesa, uma indagação que não colava com nenhum comentário, a senhora já sabe quando vai poder dar entrada na pensão? a cortada pegou a levantadora desprevenida. sorriu sem graça como quem não quisesse tocar no assunto tão cedo.

    só você pescaria certas coisas, e, quando o seu anzol pescava peixe grande, um sol se abria em seu sorriso. só você viu que emma, de poucas palavras, pareceu se segurar para não revirar os olhos para o noivo. achou interessante e jamais largaria uma boa pesca. porque mãe, a senhora tem a aposentadoria, essa casa, a pensão de viuvez não é pouca. a senhora vai poder descansar tranquila. o caçula, que também tentava pescar segredos, fez questão de lembrar da casa alugada. credo, interviu a mãe entre tossidas, o homem não tem tempo nem de esfriar no caixão. ninguém precisa falar disso agora. mas é um assunto importante, mãe, insistiu o mais velho. meu pai disse tantas e tantas vezes que deixaria a casa que está alugada pra mim. a casa está vazia há meses, disse a matriarca. não tô conseguindo colocar pra alugar. óbvio que não, mãe. fica muito longe daqui. isso já era difícil até para ele, todo mundo sabe. como que a senhora vai administrar um negócio em outra cidade, mãe? não tem cabimento. e por outro lado é mais uma fonte de renda para a senhora. você chupou o dedo emplastrado de doce de leite do sonho e, meio despojada na cadeira, perguntou por que ele não dizia logo o que queria, qual era a proposta. proposta? não é proposta. eu só ia dizer que eu podia tomar conta da casa para minha mãe. pra fazer dinheiro com aquela casa tem que reformar. há anos que aquele mausoléu não vê uma mão de tinta. é por isso que não aluga. e digo mais, dava para alugar a casa por muito mais grana. emma apertou o cachecol no pescoço e assentiu de leve. você puxando o anzol com o olhar. precisa de reforma mesmo, disse sua mãe. então. mãe, se a senhora quiser, eu e a emma podemos cuidar disso. vou usar meus contatos para ajudar nisso, pode deixar. nem que a gente fique morando ali perto para acompanhar a obra, não tem problema. o que não pode é alugar de qualquer jeito.

    talvez eu venda a casa. ficou no meu nome, comunicou a mãe após um pigarro insuportável.

    um silêncio. o caçula observando o esforço do mais velho em manejar a decepção, não sabia exatamente por que tanto insistia na reforma ou no aluguel, mas a menção da venda havia deixado o rosto dele quente. você preocupada em pescar outro peixe. ficaram naquele aluga vende aluga vende vende aluga vende aluga até que sua mãe bateu as mãos na mesa e disse que podiam esquecer aquele assunto por hora. emma muito calada se esforçava para não tocar nem um pelinho de cabelo do braço no noivo ao lado. ela ajustou o cachecol mais uma vez, e então você puxou a corda do olhar com toda a força e o peixão caiu na mesa espatifando todas as louças e bebidas que sua mãe se esforçou em preservar. você viu! a pesca era sua, portanto só você viu o peixe, que era a mancha arroxeada no pescoço branco da gringa. o olhar de vocês duas se cruzou por um segundo e, quando ela o desviou brevemente, você quase sorriu vitoriosa. os dedos coçavam alisando então a melhor cartada contra o seu irmão mais velho. uma mulher vivida como você entendia muito bem sobre hematomas e agressores.

alan

retornei à casa de luisinho com o constrangimento ardendo. dona teresa passou o café e me ofereceu um bolo de laranja fofinho que apenas comi com os olhos com medo de que ele se unisse ao outro bolo em minha garganta e me impedisse de soltar as palavras. o casal havia comparecido ao velório, ela com a cabeça baixa o tempo todo e ele o contrário, sem vergonha de exibir o inchaço dos olhos miúdos e o queixo erguido, talvez para ele o gesto significasse o respeito pelos mortos o qual me acusou de não ter. me desculpe por aquele dia, alanzinho. também estou bastante mexido com tudo isso que aconteceu. os dois sentavam lado a lado no sofá, ela com a bunda no braço do móvel. a casa apertada como sempre, o terreno enorme do lado de fora e lá dentro o aroma de desinfetante rosa e incenso de canela, bebedouros para beija-flor pendurados nas janelas, os panos de crochê debaixo de todos os objetos, da televisão das porcelanas do jarro e de todo o restante.

eu que peço desculpas, tio. me alterei um pouco. bebe um pouco do café, meu filho, tem certeza de que não quer um pedaço de bolo tá bem fresco. não senhora, obrigado. certo, como vai sua mãe. empurrei um pouco de saliva para dentro pronto para oferecer a mentira ensaiada. mal conseguiu levantar da cama, vomitou a noite toda. dona teresa pôs as mãos na boca de leve, assustada, murmurou meus pêsames, que sabia que seria assim. luisinho reagiu indiferente. tentou desviar o assunto me perguntando como ia a faculdade de medicina, mas a morte o atraiu outra vez e ele acabou dizendo que meu pai tinha um orgulho inimaginável de mim. um filho médico, sabe? importunado, fui direto ao ponto. luisinho, me fale como foi que você encontrou meu pai. mesmo sabendo que não significava nada, ele disse que já havia contado para o meu irmão. uma forma de expressar o quanto o incomodava revirar a terrível memória da morte do melhor amigo. imagina o que é encontrar uma pessoa que você ama largada num lugar qualquer.

eram mais ou menos dez da manhã e eu subi a trilha para apanhar as frutas como sempre, quando ouvi um barulho estranho, fora do normal. já estavam falando da onça solta então na hora me deu um calafrio e eu pensei que pudesse ter acontecido alguma desgraça. peguei um pedaço de pau e fui seguindo o gemido e... dona teresa alisou as costas do esposo e respirou fundo descontente por vê-lo reviver o momento mais uma vez. tava fora da trilha, meu filho. na descida pra cachoeira, era perigoso descer. cheguei o mais perto que pude e tava ele lá. teu pai. o sangue misturado com a terra, tinha muito sangue, meu filho. um rasgo na parte de trás da cabeça. tudo inchado já. sangue no corpo todo. não soube de onde ele achou forças pra chamar, pra sobreviver.

o bolo pareceu crescer em minha garganta enquanto meu cérebro produzia as imagens que me acompanhariam pelo resto da vida. reuni forças para perguntar se ele chegou a dizer alguma coisa. não fazia ideia do que meu pai desejaria dizer nos últimos minutos de vida.

nada de se entender. quem olhasse pra ele sabia que não tinha mais jeito, alan. uma dor horrível. a pior coisa que eu já vi na minha vida toda.

o silêncio dominou a casa, um beija-flor decidiu aparecer para bebericar sua água adocicada, batendo as asas não sei quantas vezes por segundo, e nem uma coisa tão bela como essa drenou o azedume entre a gente.

arrastei ele de volta para o burro. eu tava apavorado daquele bicho aparecer de novo. podia sentir que ele tava por perto, sabe? eu achei que ia morrer também. mas dei um jeito de tirar o corpo do zé dali e levar direto pra polícia. ele já chegou sem vida.

luisinho gesticulou pedindo uma pausa, os olhos escaldados e a respiração acelerada. fungou choroso. dona teresa alisando as costas do marido com muito afeto enquanto eu me sentia cada vez mais encolhido até perder o controle das lágrimas, a imagem dele morrendo carregado sem ver a esposa os filhos a casa, perdendo a vida cheio de dor e desespero, que coisa horrível, uma cratera parecia se abrir abaixo do meu corpo sugando meus órgãos e transformando meu estômago, meu ser, em vácuo.

durante todo o tempo eu desconfiando da onça e imaginando haver algo por trás de uma tragédia como aquela. poderia ter sido eu, que havia encarado o felino frente a frente e então sido ignorado feito uma alma pouco apetitosa. a morte realmente com uma foice na mão escolhendo a dedo quem levar, você não, ele sim, triturando um senhor de idade que jamais mereceu um fim horripilante como aquele, uma morte sanguinária, lenta e solitária, os segundos dissolvidos em horas enquanto meu pai gemia e clamava por ajuda, o sangue se derramando para fora do corpo, jamais voltaria, a vida se libertando pouco a pouco e sussurrando no ouvido dele se entregue, ninguém virá ao teu socorro é tarde demais, peguei você.

    meu pai sempre foi muito forte, não consigo imaginar uma coisa dessas, menti.

    ele não era mais o mesmo. há muito tempo, pontuou luisinho, talvez surpreendido com a própria possibilidade de retomar a fala. seu pai estava doente. sofria de algo que ele mesmo não admitia. nos últimos meses, foi ficando cada vez mais fraco. chegou a ir ao hospital algumas vezes, mas você sabe como ele era, não suportava essa ideia.

    ele não tomava remédio, emendei estranhamente sorrindo. teimoso do caramba. se havia alguma coisa que ele tivesse medo era de morrer num leito de hospital. não sei por quê. queria morrer dentro de casa.

    queria mesmo. rute dizia que ele tinha um bocado de coisa. era hipertenso, morria de dor pra mijar, diabético, reclamava de dor nas costas, nos rins, e tava ali, no meio do mato, como sempre. não sabia sossegar não, não sabia descansar. zezinho queria viver, sabe? você tem razão. ele era forte, ainda ia durar muito, não fosse essa desgraça...

rute

a senhora tinha desenvolvido a habilidade de sair do mundo quando bem entendia. resetava-se da galáxia, selecionava qualquer outra e catapluft, sumia, uma habilidade raríssima da qual a senhora se orgulhava em silêncio por todos aqueles anos de prática, uma prática necessária para quem dói permanentemente. estava ali lavando a louça do almoço, mas não estava. lavava a jarra de vidro e refletia sobre a limonada que havia preparado para o gilberto poucos dias antes, um homem cuja menção fazia uma chama arder lá no fundo dos entulhos do peito, mas então foi só confessar a sensação para que um sopro banisse o fiasco de calor, e agora a senhora havia descoberto que só gostava de se imaginar livre do zé maria pra sempre, nada além. a bica cuspia água, a família ainda fazia barulho bem perto, a senhora sem ouvir nada, perdida no universo da sua mente com aquela mania de lavar os objetos repetidamente, viciada em retirar todo o resquício de sujeira das coisas, não suportava ver coisa suja porque não conseguia se limpar por dentro. quantas vezes por dia pensava no corpo do homem todo lanhado? na culpa que sentia por ter desejado tanto a morte dele e então suas palavras terem ganhado um poder absurdo. era boa a sensação de ver suas palavras rasgarem, lanharem, drenarem o sangue todinho de um homem que passara tanto tempo pedindo socorro? a senhora o ajudaria se o visse ali? será que ele havia dito o seu nome, se arrependido em algum momento dos machucados que lhe provocara por dentro e por fora? era hora de perdoar tudo aquilo e ser vencida pela pena? era errado não sentir dó? quando o seu filho mais novo foi o primeiro a chegar, a senhora contou como reconheceu o corpo já no iml, que foi horrível e ponto final. não entrou em detalhes. por puro fingimento demorou mais do que precisava, afinal a senhora já sabia assim que bateu os olhos, reconheceria zé maria a quilômetros de distância em qualquer lugar, morto ou vivo. era ele e ponto. luisinho tinha socorrido o homem e nem precisavam de autópsia para confirmar os furos dos caninos na saboneteira e no tórax do corpo.

   não sei por que a única coisa que a senhora quis saber do seu mesmo filho após o enterro foi se o caixão tinha sido aberto ou fechado. que importava? não entendia por que a senhora engoliu um suspiro de contentamento quando descobriu que costuraram o homem inteiro e o tamponaram bem. importava que ele pudesse ao menos ter o rosto de fora para se despedir melhor da cidade que tanto amava? importava ou não? muitas perguntas. tão difícil discerni-la nesses dias, a senhora emudecendo a voz se perdendo em uma rouquidão insistente os olhos se distanciando aos poucos. a senhora lutando horrores para não transparecer que escondia alguma coisa, todos tinham certeza, ao menos o seu filho mais novo, a ansiedade cobrando seu pagamento com os fiapos de sangue dos catombos nas pernas que você tanto esfregava agoniada até que não aguentou, ali na pia da cozinha foi pulando de universo em universo e de repente encontrando-os de portas fechadas, não tinha mais para onde fugir, estava saturada, rute volte para o seu lugar, volte para sua casa, conte a verdade, e então a senhora despencou do céu apavorada e caiu dura no meio da cozinha.

alex

foi como se você também tivesse perdido a fala depois do enterro. verbalizava com o olhar um meneio de cabeça um murmúrio pouco entendível entre os lábios, transformando a vida de emma num mosaico cada vez mais complicado e foda-se era a morte do seu pai e você se sentia no direito de falar quando quisesse e bem entendesse. também não sentiu fome e recusou tudo o que a francesa oferecia, não queria retornar para a casa da mãe tão cedo porque olhar para ela significava sua ausência, e ausência te fazia se lembrar do seu pai de novo, e então o mundo girava. considerava zé maria um pai distante, também guardava as memórias dilacerantes do pai, mas em silêncio gostava das partes de si em que ambos se pareciam, na forma de observar a vida em silêncio, as mentiras sobre si mesmo para fazer as pessoas sorrirem, a praticidade dos argumentos e façanhas. você ainda sabia fazer massa de pão do jeito como ele te ensinou, farinha de trigo água morna açúcar ovo leite óleo sal. achava bonito ver as mãos calejadas do pai de repente tão macias preparando a massa, não se preocupava com o correr das horas, para a massa dar certo é preciso se desapegar da pressa do dia e por um tempo esquecer o tempo, ele dizia, cultivando a massa com o mesmo carinho que empregava na horta, polvilhava o vidro de farinha e dividia aquilo com você, os dois amaciando a maçaroca em silêncio, ele sempre com um assovio na boca cantarolando músicas desconhecidas, todas aparentemente de um tempo muito distante onde você imaginava que ele devia morar quando não sonhava em fabricar você, aquele passado frágil como uma pintura de canetinha a borrar no primeiro contato com a chuva. todos os ingredientes tinham importância, mas o que você jamais esqueceria era o fermento biológico, importante para o momento de retorno à massa após o descanso, a surpresa de ver a massa maior, olha o tamanho disso pai, o negócio crescia, se amplificava como o sentimento que crescia em seu peito quando vocês faziam coisas juntos uma massa de pão soltar pipa uma tarefa doméstica que fosse, e então o seu pai por alguns minutos parecia ser o melhor do mundo e você gostaria de esquecer todas as horripilâncias que te faziam por vezes desejar matá-lo. você incapaz de se esquecer dos trinta gramas de fermento fresco porque um dia comprara quatro vezes mais e o seu pai te deu um cascudo de supetão, a raspa de um soco na ponta da cabeça que emitia um sonido agudo e descolava sua mente por alguns segundos, porra alex seja mais esperto, desculpa pai, desculpa uma ova volta leva o troco e só volte aqui com a embalagem de cinquenta gramas sem isso você não entra dentro dessa casa. me lembro de você morto de vergonha, com que cara de pau retrocederia, como convenceria a caixa da padaria do seu erro? você tremia por inteiro, nem você nem ninguém nunca sabiam quando aquele homem amoroso com uma massa se transformaria numa besta estúpida e sem um pingo de sensibilidade. só restou obedecê-lo, no caminho pensou em apelar até mesmo aos duendes, retornou à padaria e implorou à moça, por favor se eu não levar o pedido certo o meu pai vai me espancar. a atendente achou um tremendo absurdo, mas se compadeceu de você. quando retornou com tudo certo da forma que ele pediu, foi colocando os itens em cima da mesa cheio de orgulho, desesperado para reatar com o pai, para ser visto outra vez como o primogênito esperto, o futuro homem da casa. mas ainda havia impedimento. a menina havia te dado o troco errado e você não teve tempo de perceber porque agora em vez de um cascudo seu pai tinha voado na sua direção apertando o seu pescoço e te rebatizando com palavrões horríveis moleque burro idiota não pode deixar te fazerem de otário e o seu pai só parou quando sua mãe apareceu na cozinha pedindo para que ele parasse pelo amor de deus. um líquido quente escapou do seu pinto murcho, escorreu pelas pernas e criou uma pequena poça no chão de tanto medo que você sentiu, prensado contra a parede, o pescoço finalmente liberado, você tossindo no limiar entre o medo de morrer e a alegria de permanecer vivo.

se esse episódio não tivesse acontecido, talvez emma não tivesse sofrido na sua mão quando você a chamou para conversar dentro do carro e perguntou onde tinha ido parar a foto do gilberto. ela negou duas vezes e você disse que só ia perguntar mais uma. então a gringa teve medo do que avistou em seu olhar e vomitou a verdade, tinha levado de volta para a sogra, queria entender melhor a história, disse mais outras mil palavras intraduzíveis para você porque o ódio havia lhe subido à cabeça, uma raiva lancinante pela mulher se intrometendo sem permissão nos buracos escuros de sua vida, uma raiva da situação que você não tinha coragem de compartilhar com ninguém somente com ela e então ela te traía assim, significava que você dormia com uma inimiga, as mulheres eram todas iguais, então você começou a xingá-la e ela abismada devolveu os palavrões com outras palavras piores, seu covarde. a ira subiu à sua cabeça e você se lembrou que não podia deixar ninguém te fazer de otário, e, quando você menos percebeu, seus dedos esmagavam o pescoço do amor da sua vida.

alan

era dia de coleta do lixo. apesar das belezas naturais e da proteção à fauna e flora, no arraial éramos desprovidos de pilares importantes para uma cidade. a economia fraca e pouco inteligente focada apenas nas ondas de turistas tornava tudo pouco atrativo para quem quisesse morar. a precariedade do saneamento básico sempre sendo uma questão grave, empurrando os moradores para longe. crescia me perguntando por que morávamos ali porque não fazia sentido habitar num recanto com gente de fora o tempo todo entrando e saindo, uma casa da mãe joana com a porta arreganhada, entra quem quer como quer liga caixa de som enche a rua de lixo trafica alucinógeno. eu sem entender como um lar assim poderia ser afeto para quem fica.

quatro homens de azul o motorista e o caminhão da caçamba longa passavam para resolver a lixarada semanal. dois recolhendo os sacos nos latões deixados nas portas das casas e estabelecimentos, dois montados em cima das pilhas e pilhas de lixo recebendo e acomodando mais e mais sacos feito tetris. um mau presságio se alastrava em meu peito e eu não sabia se aquela tontura vinha mesmo do cheiro de lixo. precisava voltar para casa o quanto antes, mas por alguns segundos meus pés não se moveram. eu parado observando os homens equilibrados em sacos pretos no alto da caçamba, organizando as imundícies das pessoas, os descartes e os desprazeres. um teste de gravidez jogado com pesar na lixeira de um banheiro, quem sabe, uma camisinha cheia de quase filhos, toda sorte de maus cheiros. o sol de rachar e os homens de blusa e calça azul caneta insistindo em trabalhar, chapéus de palha ou camisas enroladas na cabeça aliviando os miolos. impossível contar quantas vezes eu e meus irmãos quisemos ser um dos acomodadores no alto da caçamba, dentro de casa brincávamos de ser como eles, os profetas do chorume segurando o bastão para se equilibrar ou arrumar os monturos enquanto o motorista se aventurava por sobes e desces. o caminhão velho rangendo e reclamando, tossindo fumaça branca sempre que o motor era forçado a trabalhar. imaginava quantas histórias cabiam dentro daqueles sacos, queria ser um catador quando era difícil enxergar o restante do mundo, e, no entanto, continuava catando as histórias das pessoas para um dia transformá-las em papel que infelizmente quem as odiasse as consideraria um monte de lixo.

betina

ninguém podia conhecer o seu destino. logo a você faltava coragem para assumir algumas coisas, para assumir a dor. não chorava havia tanto tempo. os minutos abraçada com gilmara foram como horas e você sentia no seu corpo depois de tanto tempo brotar uma angústia acumulada, mas havia tanta, tão mais, tanto acúmulo de sofrimentos mofados e espalhados feito metástase em seu corpo que cinco minutinhos de choro com gilmara não resolveriam. você precisava faxinar sua casa inteira se quisesse sobreviver.

o café da manhã nem tinha assentado em seu estômago e você se despediu enigmática. atazanada com a pesca terrível. o pescoço da francesa marcado e o seu atolado de palavrões não ditos. não aguentava nem olhar para o seu irmão mais velho ou ouvir a voz dele sem ser dominada pela repulsa. no entanto, você tinha uma urgência maior. aquele canalha precisaria esperar.

conseguiu uma moto com um amigo e levantou poeira em direção ao seu alvo. os bugres dos turistas haviam desaparecido com certeza por causa da maldita onça que ninguém ainda tinha encontrado além do seu pai. contudo, ainda muitas motos. tantas motos quanto gente de dreads, a cidade sempre sendo a maior concentração por metro quadrado do estado com pessoas usando o mesmo estilo de cabelo, de vida. quando leves o suficiente, os dreads esvoaçavam às nucas de seus donos, os moradores cortando as ruas, a maioria sem camisa ou capacete. as mulheres os homens todo o lugar cheio de motos e estereótipos. muitas motos mesmo.

você estacionou em frente ao cemitério, descansou a moto ainda grudada em suas partes baixas, tomou fôlego para dar mais alguns passos, mas o corpo não quis obedecer. não estava pronta para atravessar o muro, não pelo seu pai, não queria nada com aquele homem vivo, que dirá morto, o problema era o pequeno. você nunca havia estado tão perto do seu filho. o caixãozinho branco enterrado a sete palmos da terra, mais perto do que nunca. se quisesse conhecê-lo, só assim só os ossos. não interessava ao universo auxiliar para você. gilmara nunca soubera o que é tentar gostar daquela terra mesmo quando não encontrava espaço e acolhimento para ser quem se queria. não fora gilmara que tomara uma surra por não ser masculino o suficiente. e agora o caixão enterrado ali. se entrasse com um pedido de exumação, poderia finalmente tocá-lo. mesmo um corpo morto, não importava. será que os ossos frágeis demais já teriam esfarinhado? os cabelinhos da cabeça talvez ainda estariam colados à ossada? daria para tocar no seu filho? você nem tinha certeza se existia resto de uma criança tão recém-

-formada e ainda assim isso era tudo o que você tinha. cogitou violar o buraco e cavar. voltaria ali de madrugada pularia o muro com uma lanterna presa entre os peitos uma pá na mão e não demoraria muito para encontrá-lo, recolheria os ossos secos e já desmontados do corpo e acolheria os cacos numa toalha quentinha, daria colo para os ossos amontoados mesmo que não tivessem mais um formato de bebê e sussurraria que o amava, que é claro que um bebê seu nasceria imperfeito e você sentia muito por isso.

    seu corpo esquentava a moto quando sua covardia fez seus músculos tremerem. de frente para o muro que nunca pulou, você sentiu as patas imaginárias da onça rasgarem seu peito, chorou, urrou, se derramou, não sabia o que fazer com a ebulição por dentro. o corpo do pai debaixo da terra, a alma ali de pé te olhando não admitir que sentiria falta sim, pelo menos um pouco.

    chega.

    puta que pariu.

    você precisava descontar em alguém.

alan

uma das primeiras consequências de ter aquela imagem viva de meu pai gemendo solitário no meio da mata socorrido por um amigo de tantos anos foi me dar conta de que desde que voltara eu não havia me encontrado com uma sequer pessoa da minha idade. onde estavam os colegas da escola com quem eu subia e descia aquele arraial junto sem precisar da pulseira de visitantes para acessar os circuitos pagos? nos sentíamos donos de tudo, os colonizadores da cidade. os seguranças nas cachoeiras com coletes militares não passavam de moleques mais velhos, conhecidos da escola, vizinhos do bairro, e isso significava que a lei funcionava de forma diferente para pessoas como nós, não tínhamos medo da cabeça d'água, tínhamos respeito, quando o alto da serra escurecia de repente ou se a água enturvasse, ou se, num aviso da natureza, folhas e galhos começassem a descer cachoeira abaixo, sabíamos respeitar o momento dela, a cabeça d'água, já tínhamos visto tanta coisa ali, sabíamos como não representar perigo e surfávamos à vontade na grande pedra lisa de uma das cachoeiras com as manobras mais radicais possíveis. onde estavam aqueles amigos da mesma idade? se a onça mudasse de ideia e decidisse me levar, que amigo viria ao meu socorro?

a verdade era uma só, diferentemente de betina, que resolvera abandonar as amizades firmes dali, eu nunca fiz amigos de verdade. parasitava a vida de uma pessoa ou outra sem muito interesse. nem os garotos com quem bagunceí nem as duas garotas que beijei ninguém colou na minha vida também não quis grudar na vida de ninguém e eu não podia me orgulhar da solidão.

a vida é um paradoxo por si só, um novelo emaranhado que ninguém consegue alinhar, um ralo sugando as pessoas para o lodo dos traumas, você nadando contra a maré desesperado por não conseguir tocar o chão a água do oceano acabando o ralo te sugando e a gente com medo de regredir, sempre se comparando com os nadadores mais à frente tranquilos em suas marés aparentemente suaves e você toda hora se perguntando por que essas coisas só acontecem com você como se o seu corpo fosse um ímã para todas as desgraças do mundo. um paradoxo atrás do outro. zé maria cheio de amigos em seu velório e vazio de família. os avós já tinham feito a passagem, mas poxa nem uma alma viva de um irmão um tio um primo. como uma pessoa pode ser tão solta no mundo e obrigar os seus filhos a serem soltos também? não faço ideia de para onde se inclina os ramos paternos da minha árvore genealógica, as pessoas desapegadas, desinteressadas de compartilhar a vida, os irmãos parecendo uma fantasia, um desenho rabiscado com uma história ou outra contada por zé maria, os ramos maternos não muito diferentes. nossa família sempre tivera aquelas mesmas pessoas naquele lugar abençoado que às vezes parecia uma maldição, um delírio. na infância visitei os avós maternos algumas vezes, até que fossem amputados pela diabete. as duas tias maternas não demoraram no rio de janeiro e retornaram para o restante da parentela em minas gerais. na época eu achava ótimo porque uma delas me dava muito medo, uma vez me dera doze palmadas na bunda porque eu desenhara um superman pequenininho na parede, tão pequeno que somente uma formiga uma lagartixa ou um rato poderia encontrar e admirar meu desenho. ela devia ser uma rata. não sei por que os adultos escolhem o bumbum das crianças para estapear, talvez para amortecer a culpa. a rata foi embora cedo, mas hoje me arrependo. nossos parabéns sempre vazios e a falta de alguém de confiança para pedir socorro quando necessário. escreveria num guardanapo liga para a delegacia de mulher e entregaria para a minha tia rata num aniversário qualquer, se ela estivesse por perto. a irresponsabilidade do casal dificultando o percurso dos filhos, pois é muito difícil avançar quando não se sabe direito de onde se vem. é assim que as pessoas negras se descobrem quando decidem refletir sobre suas identidades e se dão conta do grande rombo em suas histórias, a árvore genealógica cortada, arrancada pelas raízes, pelada e agrupada numa carroça transformando-se em um produto, sem vida, igualizadas. os antecessores das nossas famílias são uma floresta de árvores genealógicas em chamas; as seivas carbonizadas os pássaros expulsos das copas e no alto um sopro de fumaça e cinzas.

sinto ter gastado tanto tempo da vida com um lugar atrasado e pessoas desinteressantes. no instituto de letras da uerj eu fazia o possível para que a vida fosse diferente, me joguei de cabeça nos trotes e nas chopadas, sorri, deixei o cabelo crescer, procrastinei na academia, mas fui, escrevi dezenas de sonetos, beijei as garotas menos tímidas, e depois os primeiros garotos, beijei a três que delícia, me enfiei nos boatos e nos bloquinhos de carnavais, no ateísmo para me lavar de todas as crendices da terra natal, me esforçando muito para que a vida me arrastasse e me aceitasse em outras marés. não sei se por causa da morte tão próxima, mas voltar para casa agora parecia afogar todo o presente construído distante e com tanto afinco, como se o passado fosse mais forte e dissesse é aqui que você pertence no fundo você sabe que você não é nada do que você inventou para aquelas pessoas descoladas, olha só como sua versão de escritor universitário frequentador de livrarias e metido a poeta é frágil, você é patético.

uma casa cheia de fantasmas tem mesmo esse poder. eu realmente me sentia patetíssimo descendo a rua atrás de amigos que nunca tive, lembrando das noites em que zé maria queimava em febre, eu com oito anos de idade achando que perderia meu pai. era tão difícil vê-lo acamado, vulnerável, parecia uma versão borrada dele mesmo. não sei se ignorava os comprimidos dissolvidos enfiados nos chás pela esposa. só sei mesmo daquela cena aferroada em minha alma, ele gemendo de dor tão pavoroso que corri até a horta sem medo do peso da chuva cortando a noite sacudindo as telhas da casa, corri pro meio do matinho e arranquei três folhas da primeira planta que vi pela frente, senhor deus que o poder dessa planta possa curar meu pai, orei, uma versão mirim de mim mesmo voltando para o quarto ensopado posicionando as folhas sobre o coração do pai, apertando e rezando. lembro de como me olhou assustado, de como pediu para que rute não me afastasse, do quanto eu cri com toda a fé do mundo que por meio daquele gesto um deus haveria de saná-lo.

e sanou.

na noite seguinte, zé maria conseguiu se levantar e me colocou no colo pela única vez que me lembro. sorria orgulhoso demais para ser verdade. você vai ser igual ao seu pai quando crescer? nunca vi pergunta mais pavorosa. talvez com aquela idade eu entendesse que estávamos falando sobre a mão boa para as ervas, pra curar as pessoas. talvez eu entendesse mais, que jamais gostaria de ser como ele. provavelmente por isso não respondi. ele leu meu olhar, continuou sorrindo, transferindo um magnetismo caloroso para o meu coração um alento um amor. então ele expeliu a sentença que redefiniria toda a minha vida por mais que eu não encontrasse aptidão alguma, por mais que minha letra fosse muito bonita e eu nunca tivesse perdido um ponto sequer em língua portuguesa, por mais que eu não sonhasse em ser rico e detestasse sangue. não, você vai ser médico, ele determinou. eu, bebendo de um amor de uma atenção e de um orgulho que jamais havia recebido igual, acolhi.

betina

você ligou a moto outra vez, acelerou ao máximo engolindo a maior dose de adrenalina possível, retornou para a casa onde tudo havia começado, ignorou a mãe lavando louça perdida em trezentos mil pensamentos, o casalzinho assistindo à televisão na sala, catou uma chave de fenda, retornou para o quintal, furou todos os pneus do carro do seu irmão e o riscou em incontáveis arranhões de cortar o coração. o grito agudo de emma explodiu lá de dentro. alex disparou em sua direção a todo vapor, o ódio pervertendo toda a face dele, você também um demônio, a chave de fenda em riste, sem titubear, um único golpe na jugular resolveria. chega de abusadores. você estancaria aquele mal da família a qualquer custo. alex seria o último homem a tocar em uma mulher.

alan

um irmão criado com você é uma parte sua. não importa se vocês não se pareçam fisicamente, se o comportamento é similar, importam os segredos compartilhados em quatro paredes no lar em que só vocês viveram, as coisas que só vocês viram e que não se podem explicar facilmente, uma pessoa que dormiu tantas noites de sono tão perto se alimentou da mesma falta da mesma comida e ouviu as ordens e conselhos das mesmas pessoas dentro do lar. um irmão morto é uma amputação. um irmão perdido, uma desvirtude. o mesmo acontece com amigos que são como irmãos. você vai vivendo, sabendo que no fundo um pedaço de você se afastou, não está mais ali, vocês não encontram mais ressonância e, mesmo que ele represente uma parte mínima, a falta dói. os mínimos doem tanto quanto os máximos. bastava lidar dali para a frente com uma amputação grave, a perda de um pai. eu não queria perder ninguém mais.

por isso, quando vi os dois se engalfinhando no meio do quintal, corri desesperado para separá-los. por um segundo fora difícil saber quem era quem, betina e alex. passara tantos anos desde a última briga de porrada e então, com exceção para a diferença de seus corpos, era como se o tempo não tivesse passado. o chão do quintal despertando assustado, tentando se lembrar da última vez que presenciara algo do tipo. os dois irmãos brigando pelo último biscoito, ou porque um brincou com um boneco do outro sem autorização, ou aquele fatídico episódio da revista de mulher pelada que alberto achou debaixo do travesseiro de alex e desenhou calcinha e sutiã para tampar os peitos e genitálias das modelos, além de fabricar dentes podres e verrugas. os dois viviam como gato e rato. o problema era que não lembravam tom e jerry, nem piu-piu e frajola, porque os personagens dos desenhos animados pareciam no final das contas nutrir um amor pelo outro, algo os dificultando de viver sem a atenção do outro, meus irmãos não. quanto mais o tempo passava ficava mais evidente o quanto se odiavam. os pais sem compreender como era possível dois irmãos se detestarem, esquecendo completamente o quanto também não se davam tão bem assim com seus irmãos, os pais sempre pedindo coisas que eles próprios são incapazes de produzir.

e agora brigavam para se matar. não deu tempo de perceber o estrago no carro novinho arriado, lacerado por toda parte, dando agonia só de olhar. não deu tempo para separar um do outro enquanto se matavam no chão rangendo os dentes resfolegados distribuindo socos de verdade com caras horrendas de ódio e narizes sangrando. emma gritava por socorro da porta da cozinha, não sei se falava em português ou francês, só sei que pude detectar um desastre ainda mais urgente dentro da casa, corri depressa, li apressado o rosto da francesa avancei porta adentro dando de cara com a mãe morta no chão da cozinha.

mãe, fala comigo, mãe, mãe! sacudi o rosto dela procurei sinais vitais com os dedos trêmulos não sabia de porra nenhuma não sabia o que fazer. para! para! para! a mãe de vocês tá no chão. para pelo amor de deus, emma vociferava do lado de fora. dentro eu pinçando as pálpebras da mãe, escorregando a mão para o coração, tentando diferenciar a força dos meus batimentos e os dela. achei que estava viva quando os irmãos entraram desnorteados, nos primeiros segundos circundaram a cena em silêncio, depois betina se agachou perto com aquela pescaria maldita, a voz autoritária tentando arrancar de mim o diagnóstico. emma desesperada soltando frases em francês abriu a torneira da pia molhou as mãos e umedeceu o rosto de rute. o que ela tem? faz alguma coisa zinho, faz alguma coisa caralho, eu sem técnica alguma, murchando por dentro, minguando por não ser nem um pouco do que prometi para zé maria na noite depois que o curei, os olhos de betina cada vez mais inchados, alex resfolegado na porta assistindo à cena horrorizado, o sangue jorrando feito cachoeira em seu rosto inteiro, com uma voz bestial gritou faz alguma coisa porra e eu gritando eu não sou médico eu nunca quis ser isso eu não estudo medicina eu vou ser professor bota ela num carro! só que não havia mais nada. nem carro nem medicina nem mentiras.

alex

você nunca me enganou. desfilando naquela igreja calorenta, se achando muito melhor do que os seus dois irmãos mais novos só porque pertencia aos soldados do elshaday, o grupo dos jovens entre quinze e dezenove anos. realmente causava inveja. na escola dominical o seu grupo se sentava em uma sala lá para os fundos do andar de cima, a última do corredor, o cômodo desejado por todos os quase adolescentes pois corriam boatos de que vocês falavam sobre sexo, pornografia e masturbação, além disso o namoro entre vocês era não só bem-visto como incentivado. lembro de uma garota de treze anos que havia sido disciplinada por ter mamado um garoto no banheiro, foi afastada das tarefas e das pessoas, mas ninguém nunca teceu uma sequer punição para o garoto mamado e você dava a entender que sim era você. sempre se safava. fingia gostar da igreja mas só curtia domingo de manhã quando aquele professor obreiro safado trancava todos na sala e fazia você rir bastante e terminar o dia com cara de quem já sabia muito mais da vida do que os seus irmãos mais novos. você gostava de causar inveja, tudo em você vindo primeiro, a voz engrossando os pelos a barba os músculos. se orgulhava de ninguém nunca o ter visto chorar de jamais ter ressaca no dia seguinte e de ser desejado pela maioria das meninas crentes mesmo sendo fora do padrão. seus irmãos não cumpriam os quesitos como você, não sabiam sustentar a cara de que não quer nada com nada, empinar moto, contar vantagem. você sim. guardava um sorriso maroto no canto do lábio repetia na escola só de charme desprezava mochilas e ia para a escola com um caderno fino na mão uma caneta presa no arame, pronto. para completar cantava como ninguém, um domingo ou outro recebia oportunidade pra cantar na igreja e esfregava na cara dos seus irmãos sua voz cheia de melismas românticos e a habilidade de chegar em notas altíssimas, se preciso, enchia seus pais de orgulho, eles fingiam não saber que você fumava maconha escondido, recebia tanto passe livre para fazer o que quisesse e os seus irmãos nunca entendiam o porquê, morriam de inveja desejando terem nascido heterossexuais como você.

é claro que você não ficou ali por muito tempo, nem na igreja nem dentro de casa nem no portão das suas namoradas, nunca ficava muito tempo em lugar algum, a rotina te incomodava e por muito tempo você sustentou seu passe livre. quando o boato de que um dia você seria um empresário milionário se espalhou por todo o canto, os seus pais gostariam de acreditar no melhor futuro para você, e se apegaram àquela ideia. foi o fim da picada para os seus irmãos mais novos. o que eles não sabiam é que no final das contas sempre estiveram certos sobre o seu futuro, se o destino fosse justo, se nessa vida a gente plantasse mesmo aquilo que colhia, você não deveria retornar para o enterro do seu pai com um carro uma esposa francesa espalhando a vida de classe média alta na nossa cara.

veja bem, sua mãe não demorou muito tempo desmaiada. caída de trezentos universos foi acordando aos poucos deitada no sofá da sala, a garganta ainda inflamada, comeu um pedaço de pão por obrigação, tomou uma dipirona, emma fazendo chá de alho gengibre e limão. esfregou os olhos cansados quando te percebeu melhor, seu único olho a encará-la, isso mesmo, você só podia enxergar com um dos globos oculares, o outro estava fechado, roxo e elevado como se escondesse um pequeno limão, o filhão bonito orgulho da mamãe transformado em um alienígena, um filete de sangue ainda escorrendo do nariz, betina causara uma deformidade no meio da sua cara, estava nítido o quanto, disposta a te matar, ela havia vencido no arranca-rabo. ela no canto da sala de braços cruzados sem medo algum de você, assistindo à sua mãe retomar o fôlego, o rosto dela intacto comparado ao seu. apenas um corte feio debaixo da sobrancelha, os dois olhos inchados com lastros roxos, mas abertos.

então você não vai ser médico, é isso, disse ela para alan quando emma retornou com o chá fumegante. sua mãe recusou, julgou ser quente demais, presa nos filhos entre tossidas e quietudes numa tentativa muito longa de traduzir a atmosfera da casa e o quanto havia perdido. com o único olho aberto, você encarou o caçula com pena. parecia ter pena enquanto ele respirava fundo escolhia palavras que não saíam até os ombros caírem e ele desistir. eu não passei pra medicina. eu gosto de escrever. quero ser um escritor. medicina era o que o meu pai queria e o que... eu queria porque ele queria. não sei. eu... nunca tive coragem de dizer a verdade. eu já achava que era uma decepção, então... eu não queria piorar as coisas. o discurso muito calmo muito sincero afundou a família em um silêncio extenso. a mãe assumindo vários olhares em sequência, espanto incompreensão raiva compreensão tristeza alívio amor, estendeu a mão para o seu menino e ele se segurando muito para não chorar deixou que ela a apertasse. você ganhou um olhar inquisitório de emma, coçou a cabeça, pigarreou, cogitou tomar a xícara de chá para se aliviar, mas emma apertou os braços com tanta força e uma cara tão terrível que fez você vomitar as palavras: o carro não é meu. com exceção de betina, foi a vez de todo mundo te encarar. você piscando os olhos e fixando o olhar num ponto único, procurando uma forma de continuar. foi soltando as frases devagar. o carro não é meu. o dinheiro não é meu. o dinheiro não tem. eu perdi tudo, minha empresa faliu, roubaram as esquadrias computador tudo que eu tinha, e eu gastei, gastei absurdamente, eu perdi tudo. eu e emma... a gente não tem pra onde ir.

    tu ne parles pas pour moi, ela se meteu e cuspiu as palavras com gestos firmes. eu volto pra frança. acabou, alessandro. você assentiu calado, o pirata incapaz de encará-la. depois foi a vez da sua irmã confessar algo também sem olhar pra ninguém. vou operar semana que vem. vou tirar o pau. e por fim sua mãe respirou fundo e soltou a frase mais inesperada da noite. o pai de vocês não morreu como vocês pensam.

alan

alan tenho uma coisa para falar. teu pai morreu. a voz dela veio assim, telefonada, desprovida de fortes emoções, um tanto apressada, desgostosa talvez. anunciou com a mesma simplicidade de quem notifica simplicidades. filho, uma goiaba caiu do pé. fulano chegou, começou a novela. simples assim.

eu jogado no sofá do apartamento em botafogo, não podia chamá-lo de república porque nos tratávamos como uma família, éramos quatro, três viados e uma sapatão dividindo as contas de casa, cada um dos dois quartos com dois beliches e o combinado de não levar ninguém mais ali pra dentro, não daria espaço, o sonho de dormir com alguém em casa ficaria para depois. não costumava pensar muito no pai para falar a verdade, trocava mensagens com a mãe de dois em dois dias, ligava uma vez por semana por chamada de vídeo inventando mentiras sobre as aulas de anatomia e enrolando-a quando pedia para ver um estetoscópio ou qualquer prova de que o filho fosse mesmo se dar bem na vida já já. voltava raramente e quando o fazia o via, falávamos pouco, o suficiente. se tivesse de bom humor, zé maria faria algumas perguntas. como é que tá a vida na cidade? estudando muito, meu filho? quando começa a trabalhar? tá firme? por alguma razão havia desistido de perguntar das namoradas e vez ou outra pedia ajuda para alguma coisa. era impressionante o quanto envelhecera rápido, já não fazia mais a barba, as canelinhas finas feito bambu, o corpo mais preto e queimado do que nunca, cismara com um chapéu de palha que usava pra cima e pra baixo, deixava ver sua nova banguelice quando ria de uma piada ou outra que fazia, as crianças sem dentinhos são até bonitas mas um velho desdentado é uma ideia horrorosa, tenho horror a perder meus dentes, mas se no final da vida eu me parecer fisicamente com o zé não detestarei, eu me lembro do sorriso dele, não era um monstro não, nunca o vi gargalhar, rir de cair no chão como vi minha mãe algumas vezes, não ria de chorar, mas ele sorria sim, tinha um humor ácido, falava umas besteiras, gostava de escarnecer das pessoas, imitá-las.

pai eu sinto tanta saudade.

quando minha mãe me ligou minha alma congelou. a casa vazia a sala de luz baixa e eu assistia a um filme qualquer. não tinha preparo para receber uma notícia assim. respira, alan, respira, calma. nos últimos meses ela tinha me ouvido se queixar de crises de ansiedade e agora achava que a qualquer momento eu seria vítima do desespero da falta de ar do mundo ganhando os contornos escuros do desmaio. não tive crise alguma. era só uma alteração muito dura. teu pai morreu soava como um ponto final. acabou, alan. o que você conseguiu contar para ele está feito, o que não conseguiu não vai contar mais, não vai conseguir abraçar mais, é tarde para declarar um amor, um sentimento, o que seja, a partir de agora é você falando para um corpo vazio para uma memória e fingindo que o homem desalmado é capaz de ouvir e sentir todas as coisas que você não teve coragem de lhe entregar em vida.

estou bem, mãe. desliguei tonteei busquei as paredes com as mãos um copo de água, tudo passando corrido pela minha mente, desesperado para registrar a última vez que o vi, qual foi mesmo a última frase que eu disse para ele, quando foi a merda da última vez que o vi o último momento e as imagens sumindo da sua mente correndo pra longe que brincadeira mais estúpida. e o abraço de despedida que não teve, não tinha, nunca existiram abraços, mas se eu soubesse... se eu soubesse... se ele soubesse o quanto eu sentiria sua falta.

ajoelhado no chão de terra no corredorzinho entre a casa e o muro lateral, puxei e soltei o ar deixando as lágrimas virem porque todas as plantas estavam padecidas e alguém precisava regá-las. quem sabe nossas lágrimas poderiam trazer um pouco de vida às plantas que ele cultivou com tanto carinho e agora despencavam secas e moribundas, sem cor sem ânimo, uma coisa horrível uma tristeza, eu morrendo de inveja daqueles seres que nunca conheceram a mão pesada do zé, pelo contrário, se espevitavam e prosperavam a cada toque, o plantar cheio de cuidado e amor, as regas e podas sempre cronometradas com o movimento do sol da lua das chuvas. o único tipo de vida que meu pai sabia cultivar. agora um cemitério de plantas chorosas cansadas de gritar pela presença de alguém que jamais voltaria.

pai, que vontade de comer carne-seca com abóbora. pai, faz cuscuz? pai e aquelas cocadas? você ainda sabe fazer massa de pão? e ele fazia, tudo o que eu pedia quando voltava da cidade ele fazia, dava um jeito de comprar os ingredientes restantes, largava qualquer coisa para providenciar, mesmo que tivesse perdido a mão para a cozinha, os sabores já não brilhavam tanto no paladar, as receitas tinham se perdido nos cômodos escuros da memória, mas o afeto estava presente, servido ao seu modo. nunca o ouvi verbalizar que me amava então prefiro acreditar que ele servia o seu amor como podia. alan vem jantar logo.

despedidas sempre foram horríveis para mim, mas já era a hora. arranjei sacos pretos gigantes e caixas de papelão para separar as plantas mortas, exumar aqueles caules podres, limpar os vasos, arrancar todas as mortes pela raiz e limpar o terreno. desalojei o cemitério e depois cavei um enorme buraco no chão do mesmo, enterrei tudo de volta, as plantas a medicina os sonhos que não eram meus as projeções do zé sobre mim. aterrar todos os filhos bem vividos do homem me trouxe alguma paz porque talvez fosse o que ele de fato quisesse. eu que estava morto por dentro e no fim da morte vivo para descobrir quem eu seria dali em diante. a morte nunca é um ponto final.

alex e betina

vocês dois não entendiam o quanto eram referências para mim. os três sentados lado a lado no banco da igreja, engomados em silêncio abrindo os olhos no meio das orações, sempre rindo das esquisitices humanas, seus pais ganhando elogios vez ou outra pelo comportamento de vocês. os três sentados lado a lado nos fundos do carro do luisinho que os levou à praia pela primeira vez, as pernas roçando uma na do outro, os olhos bem abertos com muita expectativa para se encontrar com a vastidão do mar e então as expectativas sendo massacradas por algo muito mais sublime, o horizonte infinito e o mundo parecendo reto, as beiras do mundo tão distantes mas ao mesmo tempo acessíveis, o luisinho sem deixar vocês avançarem no mar betinho tomando quatrocentos caixotes em um único dia, alex enterrando a gente na areia e o irmão mais novo usando o dedo para escrever o próprio nome só para a próxima onda apagá-lo. os três sentados lado a lado assistindo ao jogo da copa, ele torcendo para o brasil sem entender o que ganhariam com aquilo, betinho assoprando uma vuvuzela e sambando de alegria a cada gol com a roupa toda customizada de paetês verde e amarelo, alan imitando o pai julgando cada passe de bola na televisão. os três sentados lado a lado no beliche de baixo aos prantos decidindo pela primeira vez na vida levar deus a sério, colocando-o à prova, desejando que fossem surdos para não ouvir as brigas do outro lado da parede, alex prometendo nunca mais roubar balas da padaria, betina prometendo jogar fora sua coleção completa de tazos, o irmão caçula de vocês prometendo nunca mais chorar por nada do mundo, se deus existisse e acatasse suas promessas para fazer o pai parar de bater na mãe... mas então ela levando uma porrada caía em cima de alguma coisa, o estrondo no quarto ao lado fazia vocês pularem no colchão e apertarem a perna ou o braço um do outro em completo pânico. o pequeno sempre no meio, vocês dois, um em cada ponta, escoltando-o do mal. os três sentados lado a lado na ponta da laje. adultos, as pernas pendendo no espaço abaixo. os dois com a cara desfigurada depois de tentarem se matar, o carro dos outros lá embaixo, emma fazendo as malas em algum canto, sua mãe satisfeita por finalmente dar uma ordem e ver vocês obedecerem, subindo para a laje para se acertar. aproveitaram da companhia um do outro por longuíssimos minutos em completo silêncio, o céu carregado de nuvens cinzentas, a vida passando feito filme no olhar de cada um, as palavras perdidas na distância entre os três.

você vai escrever sobre a gente?, perguntou betina.

não faço esse tipo de literatura, respondeu o caçula. escrevo fantasia, ficção científica, sobre galáxias e universos distantes.

eu devia saber disso, disse o pirata com um sorriso estranho. você sempre foi o mais esquisito de nós três.

com todo respeito, a mais esquisita sempre fui eu, interferiu betina.

o assunto não rendeu de início, mas, depois de mais dez minutos, alex sorriu e continuou:

mas parece fantasia, a nossa vida. todo esse lugar aqui parece uma galáxia distante mesmo.

talvez por isso a gente foi embora, disse o caçula. às vezes a gente vai embora só para ter um lugar para voltar.

foi a última frase dita ali do alto, de onde era possível ver um trecho da cidadezinha vivendo e respirando bem, a vizinha recolhendo as roupas do varal depressa, um cachorro triste levantando após um descanso de aparentemente horas no meio da rua apenas para observar ao redor e com um olhar ainda mais triste voltar a se deitar, um bugre com turistas erguendo os braços recebendo as primeiras gotas de chuva como se essa fosse a coisa mais divertida do mundo, alex fechando a mão sobre a mão do caçula, betina segurando a outra, o céu chorou e lavou vocês dois e o caçula, ainda protegido no meio.

rute

câncer de próstata, o segundo mais comum entre os homens. o seu marido descobriu tarde demais. o tumor já havia crescido e se espalhado para outros órgãos numa velocidade absurda até para os médicos. começou com uma mancha escura e molhada se alastrando pelo colchão ao seu lado, ele ainda dormia na mesma cama que você quando o mijo gelado encharcou a cama e tocou sua pele, a senhora acordando menos assustada do que ele, que ria da incapacidade de não ter chegado ao banheiro. até a cabeça d'água no topo das cachoeiras tão próximas de vocês emitiam avisos, ele não, todavia, o riso não demorou a se transformar nas constantes reclamações ao urinar. o homem ia ao banheiro e gemia, não gostava de vê-la insistir em desbravar aquele assunto esquisito, chá de salsa e casca de limão limpariam os rins. ele se enfiava no mato atrás das quebra-pedras milagrosas, mas nenhum chá que a senhora preparasse aplacava a dor que aos poucos se espalhava pelas costas, cabeça, uma indisposição nunca vista no homem. só teve certeza de que se tratava de algo muito sério no dia em que ele se esqueceu de dar descarga e a senhora abriu a tampa do vaso muito tempo depois, dando de cara com o caldo vermelho.

josé, se você não for ao hospital, qualquer dia você vai acabar morto dentro de casa e ainda vai sobrar pra mim. você não soube exatamente o porquê, mas depois dessa frase ele concordou em visitar um médico sem fazer alarde. como sempre não gostava de hospitais, se recusaria a tomar qualquer medicação e contaria apenas com as ervas que tanto abençoavam a vocês e as pessoas ao redor. no consultório, a senhora deixou o queixo cair quando ele respondeu que não tinha controle da própria urina havia pelo menos dois anos, colocava o pinto velho para fora e não fazia ideia de quando o xixi começaria a pingar e quando terminaria, não conseguia controlar nada direito, por mais que fosse muito mais ao banheiro do que antes, tinha muita dificuldade de iniciar o mijo, tinha visto sangue na urina dezenas de outras vezes e costumava sentir que a bexiga nunca se esvaziava. a senhora não quis acreditar, achou que já tinha passado vergonha o suficiente, mas as coisas pioraram quando a doutora recomendou o exame do toque, uma pessoa desconhecida violaria o cu do seu marido, enfiaria dois dedos grossos ou finos, nunca se sabe, mas eram dois dedos procurando um câncer lá dentro, e ele disse deus me livre, preferia morrer a passar por uma humilhação dessas, a médica explicando que era a coisa mais normal do mundo, que, por mais que soasse invasivo, ele não sentiria dor, o exame era imprescindível, realizado no mundo inteiro com milhões de homens idosos, e mesmo assim ele se recusou, não conseguia se imaginar deitado de pernas abertas relaxando o rabo para ser penetrado pelos dedos de outro homem, uma violação um estupro e talvez o pior: o medo descabido de nunca mais poder usar o pau, de parecer menos potente do que os outros da sua idade, acostumado com o pau grande e grosso balançando no meio das pernas, recheando sua cueca desde a adolescência, conferindo-lhe autoridade, virilidade, confiança, não era como os outros que precisava tomar banho de shorts com medo de revelar a pequenez dos documentos, tinha algo que mesmo murcho impressionava, um pauzão era um troféu não só a ser exibido, mas a lembrá-lo do que ele era, do que tinha direito de ter na vida, podia até não ser um homem bonito, mas fora agraciado, era um homem com h maiúsculo pai de três machos não existia possibilidade de ser examinado no cu, dali nada entrava só saía.

é claro que a senhora não conseguia entender nada disso muito bem. achava uma besteira imensa o homem recusar se sujeitar a um exame ridículo daqueles, tão rápido. logo a senhora que aguentara três partos, a vagina sendo verificada, tocada, rasgada e suturada por tantas mãos. insistiu repetidamente, apelou até mesmo para o pouco de charme da juventude que ainda lhe restava, zé, eu vou com você, ninguém precisa saber, deixa de bobeira querido você precisa descobrir o que tem.

uma ova, mulher. eu já disse, nem morto.

o resultado dos antígenos vieram até o ponto em que não havia mais como evitar. você assustadíssima porque sempre soubera da força daquele homem, mas não imaginava que ele poderia carregar algo tão sombrio dentro de si por tanto tempo, um câncer em estágio avançado e o homem resistindo às dores, às inflamações, uma febre atrás da outra, a urina em gotas, ele engolindo a dor excruciante de tentar urinar, apelando para todas as ervas de cura para que o ajudassem até o fim. zé maria elegeu qual seria a última consulta e nela ouviu bastante sobre o tratamento, os médicos tentariam salvá-lo, mas ele precisaria passar os últimos meses semanas dias de vida enfiado naquele cemitério de vivos, passaria a pré-morte entre paredes brancas espetado por agulhas dando trabalho para jovens que deveriam ir viver suas vidas plenamente enquanto podiam, obrigaria as pessoas a se deslocarem até ali para visitá-lo correndo o risco de pegar uma infecção de serem alfinetados pelo grilhão da morte a qualquer momento e acordar com uma bactéria na perna um vírus no pulmão ou sabe deus o que, e todas as outras desculpas que ele inventou quando decidiu que nunca mais pisaria em um hospital outra vez.

num dia qualquer a senhora lavava louça dentro de casa extremamente viciada em arrancar qualquer mínimo de sujeira dos copos pratos talheres. com o coração apertado da falta dos filhos, lembrou do seu pranto nas consagrações com aquelas mulheres também agredidas por seus maridos, do medo que sentia dele voltar para casa bêbado, do quanto fingiu estar tudo bem quando os seus filhos a abandonaram com ele ali porque quem sabe ele não estivesse apenas fingindo ser uma nova criatura, lembrou de quando estendia o corpo inteiro no chão da sala para clamar com a boca no pó para que fosse liberta, deixava uma mancha babada no chão na direção de onde tinha baixado a boca e clamava em voz alta para que o deus poderoso finalmente fizesse justiça, e então um copo se quebrou na sua mão fazendo um filete de sangue espirrar do seu dedo. naquele momento a senhora pressentiu a morte, os pelos de sua nuca se arrepiaram, um barulho rasgou o quintal e poderia ser o trovão ou o rugido de uma onça não sei de repente pela primeira vez a senhora teve muita certeza de que deus existia sim e a esteve ouvindo por todo aquele tempo o seu sofrimento toda a dor, tudo teria um fim, tudo o que aquele homem desejara para a senhora estava voltando para ele e mais cedo ou mais tarde ele pagaria o preço. mais cedo ou mais tarde. não demorou muito para a notícia da onça deslizar para dentro da sua casa, da boca dele, ouvi dizer que tem um bichão solto por aí rute tenha cuidado. quando a senhora se deitou para dormir, trancou a porta amedrontada e chupou o dedo que já havia parado de sangrar havia muito tempo. só chupava para se lembrar do momento. o homem deu três batidas na porta e a senhora o deixou caminhar para dentro do seu quarto, fazia tempo que não o observava como ele realmente se apresentava, fraco por fazer toda a força do mundo para existir.

rute, sei que não posso te pedir nada, mesmo assim eu queria. estive pensando. quando eu morrer, você promete não contar pra ninguém o motivo? a senhora o encarou estatelada. por quê? é um direito meu. não quero que ninguém saiba que morri disso. se você prometer, juro que não vou demorar. era uma promessa sedutora. por mais que o homem não te desse mais trabalho, não a procurasse às noites, até separado dormia, por mais que o fizesse companhia e trabalhasse pra você varrendo um quintal descascando legumes consertando uma coisa aqui outra ali, por mais que não te causasse mais medo, somente a senhora sabia do que tinha vivido, e a sua vingança urgia. tinha certeza de que o seu marido não queria parecer um fraco, o famoso mãos de cura não queria sua imagem vinculada à palavra que nunca foi capaz de mencionar. a senhora não concordava com aquilo, não era um direito dele, mas também não aguentava mais o fim de um ciclo nunca terminando, a morte morando dentro da sua casa sentada num sofá pedindo um café, perguntando que horas são, almoçando e jantando da sua comida, projetando vultos pelos cantos, dormindo na cama baixa do beliche, então você disse sim eu prometo.

mais cedo ou mais tarde é rápido. na manhã seguinte, luisinho esmurrava a porta da cozinha e tirava o chapéu aos prantos. a senhora de olhos esbugalhados por ter sido tão depressa. nem pôde se despedir dizer uma última palavra quem sabe agradecer pelos últimos meses bater um último papo sobre os filhos quem sabe. não deu tempo. a rainha dos mortos gargalhando horrores dentro da sua cabeça com a alma do zezinho no colo te chamando de profeta do inferno. uma culpa se instalando em seu peito, não deveria ter prometido coisa alguma, não deveria ter desejado acabar com aquilo, deveria tê-lo obrigado a se curar, não deveria ter desejado a morte de uma pessoa com tanta força no passado, agora era culpada da morte de quem nem mais uma formiga matava.

a surpresa da onça, o laudo médico ignorando o câncer, tudo muito corrido, o luisinho te olhando como quem sabia do mesmo que você, um cúmplice silencioso arranjando as coisas e agora também com um vislumbre de culpa. a senhora queimando os laudos, as receitas e os resquícios da verdade antes da chegada dos filhos, eles entupidos de problemas e a perturbação impedindo-a de viver, a verdade queimando na garganta, consumindo até a sua voz, transtornando-a por inteiro, até que a senhora ligou o rádio para afogar os barulhos, deixou o som do reggae que detestava inundar a casa inteira cheia de querosene enquanto os filhos discutiam em cima da laje e quando a chuva caiu de verdade o fogo já havia tomado todos os cômodos e na sua cabeça a senhora seria finalmente livre para recomeçar.

chegou na casa nova com as poucas malas que salvou antes do fogo, e um sorriso estranho no rosto. a casa ficava no parque ambaí, era sua, estava no seu nome, não alugaria para mais ninguém. apelidou-a de casarão. uma residência enorme com cômodos amplos circundada por um quintal gigante cheio de capins pequenas árvores e muito carrapicho. uma cerca de arame farpado ao redor, e alguns resquícios dos últimos moradores ajudaram bastante, um sofá um guarda-roupa sem algumas portas pratos e talheres enferrujados. no dia da mudança seus filhos trabalharam duro na faxina e vocês todos se divertiram lembrando boas histórias do passado lanchando coca-cola com pão doce ao cair da tarde. a senhora deu um quarto para o filho mais velho até que ele se arrumasse. emma ainda apareceu algumas vezes, mas não ficou com o assediador como a senhora ficou por tantos anos. um dia emma te abraçou, desejou sua felicidade e disse que a senhora seria muito bem-vinda em toulouse quando quisesse aparecer. no segundo quartinho, a senhora hospedaria seus filhos quando viessem visitá-la, e o primeiro e maior ficou contigo. nele haviam deixado uma linda cama de casal com colchão, uma cama onde você nunca mais precisaria sofrer o medo de ser invadida.

e eu, o seu filho mais novo, escrevi essa história por sua causa com todo o respeito. nunca escrevi nada num gênero parecido com este, mas então houve aquela noite em que a senhora me chamou na cozinha da sua casa naquele bairro esquisito com não mais do que quinze mil habitantes, pediu que eu levasse papel e caneta. seu marido já tinha morrido havia alguns anos e você ainda se sentia vinculada à outra promessa. quando o seu pai me machucou pela primeira vez, olhou nos meus olhos e me prometeu nunca mais levantar a mão pra mim de novo... ele descumpriu a promessa muitas e muitas vezes. eu também quero descumprir a minha para muitas e muitas pessoas. quero que escreva um livro sobre nós. anota aí que vou começar a falar. zé maria era um homem abusado e abusador. não era nada disso que as pessoas pensavam. pois eu quero que ele seja lembrado por aquilo que era, na rua um santo, em casa o diabo.

a diogo, meu terapeuta, sem você eu jamais escreveria este livro.
a junior, primeiro leitor desses capítulos, pela generosidade do amor.
a lucia, eugênia e julia, pelos conselhos tão valiosos.
a rafa machado, por acreditar em mim.
a cassiano, rodrigo e duda, por me receberem tão bem.
a bel e jo, pelas primeiríssimas leituras.
a isabel, raquel, ilze, patrik, rute e rebeca, meus irmãos, pelo amor.

nasci de forma curiosa. podia ter morrido. mas eu sobrevivi, mãe. agradeço a ti por ter me ensinado a ler as palavras que hoje escrevo. agradeço por sua força, resistência e coragem para também sobreviver aos dias ruins. por você e pela gente.

com amor, stefano volp

"assim parecia à criança, a vida era mantida
por meio da tua misericórdia e carregada
como um presente imerecido teu"
– franz kafka, em *carta ao pai*

Este livro foi composto na tipografia
Clarendon Light, em corpo 10/16, e impresso
em papel off-white no Sistema Cameron da
Divisão Gráfica da Distribuidora Record.